波の花

被災漁師と奇跡の犬

藤崎童士
Fujisaki Doushi

新日本出版社

目次

本作品は実在の人物を基に描いたフィクションであり、
人物名および一部の固有名詞は架空の名称です。

田野畑村

岩手県の北部、太平洋に面して久慈市と宮古市のちょうど中間にある下閉伊郡田野畑村《しもへいぐんたのはたむら》は、豊潤な海の幸に恵まれ、古くから様々な漁業が育まれてきた。

リアス式の沿岸部には、大海から押し寄せる荒波の衝撃を和らげる役割を果たす扇状の入江はなく、海端《うみばた》は常に海水の浸食を浴び続けている。

百万年をかけて隆起したといわれる海抜二百メートル長さ十二キロにも及ぶ断崖絶壁は〈海のアルプス〉と形容されている。中でも北山崎《きたやまざき》と鵜《う》の巣断崖に代表される奇岩怪岩の屹立《きつりつ》は、かつて投身事故の名所としてその名が知られていたが、近年では毎年大勢の観光客が訪れ、大自然が織りなす勇壮な造形美に魅了されている。

海上からの断崖巡りなど自然相手の観光業、漁業や農業の第一次産業、そして村内では唯一の大型ホテル羅賀荘《らがそう》。これらの収益が田野畑の経済基盤を支えており、スーパーマーケットやコンビニエンスストアは一軒もない辺境の村だ。

雇用が少ないこの地では、二十代や三十代の若者を見かけることは滅多にない。将来を不安視した若者らは成人すると同時に離村し、県外に職を求めていくためだろう。そのため数年後には村全体が限界集落化するに違いない、という噂がまことしやかに広がっている。

三方を奥深い山稜に囲まれている海岸べりに、肥沃な田畑が幾重にも広がる農村地帯がある。季節限定の漁としてアワビやウニを採っている兼業漁師は少なからずいるが、多くが農業を生業としている小集落だ。

疎《まば》らに民家が建つ一角に、吉村達矢《よしむらたつや》の家がある。


仄暗《ほのぐら》い早朝、朝靄が深く立ちこめている。

達矢は妻が握ってくれた特大の握り飯をビニール袋に詰めた。海の方角を向く玄関を開け放ち一歩外に出た途端、一匹の白い中型犬が大声で吠えながら犬小屋から飛び出してくる。

「クマ、おまえも行きたいかあ？」

数歩歩いたところの電柱に結わいている漁網ロープの結び目を緩めてやると、白毛の犬は颯爽《さっそう》とした身のこなしで四駆の軽トラックに駆け寄っていく。

「ほうれ！」

あうんの呼吸でひとっ飛び。港に向かうとき後ろの荷台がクマの定位置だ。

「タコ、捕れるといいなあ」

舌を出し、はあはあと興奮した呼吸をしているクマに声をかけながら、曲がりくねった県道44

号線を海岸沿いに南下していく。ススキの穂が風になびく道端に、海岸の崖地に生息する多年草ハマギクが白く可憐な花を咲かせている。

秋のミズダコ漁が盛漁期に入るのはこのハマギクが散ったあと。この花は漁の好機を現す重要な基準となっている。

左手に羅賀地区が見えてくる。ほぼ漁師家族が占めているところだ。海べりには田野畑村のシンボル的存在、白く外壁が塗られたホテル羅賀荘が威風堂々そびえ立っている。

羅賀荘から海を隔てた向かいにあり、達矢が漁に出る前、いつも浜見に使う海抜四十メートルの見晴らし処は、通称「ひらなめ展望台」。達矢は、爽やかな風に身を預けているクマに向かい、バックミラー越しに語りかける。

「今日はいけそうだ！　頑張ろうぜ！」

クマは大きく尻尾を振る

旅客数の減少によって赤字決算が続くローカル線――三陸鉄道が走るカンパネルラ田野畑駅。田野畑村にゆかりのある童話作家の宮沢賢治作『銀河鉄道の夜』の登場人物にちなんで命名された純和風造りの駅舎である。

三陸鉄道の形をあしらった管理棟が一際《ひときわ》目立つ水門がある平井賀《ひらいが》地区を抜け、小さなトンネルを二つくぐり抜けると、高架橋の上に建っているカルボナード島越駅《しまのこし》が現れる。こちらも宮沢賢治の『グスコーブドリの伝記』に出てくるイーハトーブの火山島になぞらえて命名され、東北駅百選にも選ばれた由緒ある駅舎としてあまねく知られている、村民自慢の駅だ。

やがて五百二十艘もの小型漁船が連なって錨《いかり》を降ろしている漁業集落が見えてくる。田野畑村の中心港となる島越漁港――八戸市から宮古市間に至るまで良港がないという理由から、昭和二十六年に造成された岩手県唯一の緊急避難港である。

東の空が少しずつ仄明るくなっていく。

漁港から出港した小型漁船「第八鷹飛丸《たかとびまる》」の操舵室から顔を覗《のぞ》かせた達矢は、低く垂れ込めた雲の切れ間から黄金色に染め上がる方角を眩《まぶ》しそうに見やる。

朝日を浴びて煌《きら》めくクマは、北西の風を全身に受けながら舳先《へさき》に座る。その姿はさながら水先案内人のようだ。

達矢は真沖に舵を向ける。

キィーン――と嘶《いなな》くエンジン音とともに船足がぐんぐん増していくと、風が勢いよく左右に切り裂かれ、舞い上がった飛沫が波間にほとばしる。

漁の神様が祀られている弁天島《べんてんじま》の周辺を抜けると、北の方角には三角岩の矢越崎《やごしざき》。その後ろには魚鷹《うおたか》の営巣地がある北山崎の断崖が連綿と続いている。さらに八キロほど沖に進むと、それまで穏やかな姿を湛《たた》えていた洋上は太平洋独特の荒々しさを増していき、船体は右へ左へと大きく揺さぶられる。〈ウサギが飛ぶ〉と地元の漁師は形容するが、まさにウサギの姿形をした白波が遙か先まで続いている。

「しっかり掴《つか》まっていろよ、クマ」

姿勢を低くしたクマは、踏ん張りながらデッキにへばりつく。船体が横揺れしても、縦揺れしても、まったく意に介さないようで、あっけらかんとした面持ちを崩さない。

「さすが俺の相棒だ」

子どもがいない達矢にとっては倅《せがれ》同然のクマだが、毎日のように沖に連れて行くためだろうか。口の悪い僚船《りょうせん》仲間からは、「鷹飛丸は犬が後継者なのか？」と、散々からかわれている。然《さ》りとて悪い気はしない。実際のところクマが船に乗っているだけで本当に心強いのだから。

独航船の漁師にとって、沖操業はときに心細いものだ。

自然が相手の商売。大漁の日もあれば不漁の日もある。一年を棒に振るときもある。そんなとき心許せる相棒が傍《そば》にいて、話し相手になってくれるだけでどれだけ心が癒されることか。

それだけじゃない。クマに船に乗ってもらう最大の理由がある。彼が逐次目を光らせていることで、舳先近くに置いてある餌箱から、漁に使う大事な餌を横取りしようとするカモメが恐れて近づいて来ないのだ。

「うん、今日はいい予感がする」

主の独り言をクマは聞き逃さない。両耳をピンとそばだてて、尻尾を天高く突き上げている。漲《みなぎ》る凛《りん》とした気迫。目前のことに芯から集中しているなによりの証だ。

「クマもそんな気がしているんだろ？」

海の色は良し。風とうねりはあるものの、いい潮が来ているのは確かだ。

足先から素早くゴムガッパをまとった達矢は、景気づけにマイルドセブンを一服。よしと気合いを入れてから舳先へと歩を進める。

操舵室を離れても船の舵取りが可能になる小型リモコンを片手に持ち、巻き揚げスイッチをONに入れる。

金属製の「かご網」を引き揚げるには、二本の太タイヤでロープを挟みながら回転駆動するラインホーラーが使われるが、鷹飛丸に装備されているものは、三本のタイヤが擦れ合うことで巻き揚げ速度を微調整でき、逆回転もできる優れもの。気仙沼の遠洋マグロ船が使う漁具をヒントに導入した特注品だ。

足元の餌箱には大量のサバ。これを惜しげもなくブツ切りにし、塩漬けにし発酵させたものを使う。臭いは強烈だが、この下処理をすることで魚肉に脂が浮いて締まる。つまり生の鮮魚を使うより餌持ちが断然良くなるのだ。

使う餌は季節によって適宜変える。サンマを使うときもあるし、安いボラを使うこともある。

盛漁期になれば魚の食いつきに餌の高い安いは関係ないが、漁期の始まりと終わりには如実に漁獲量に比例する。

ミズダコ漁は、円錐台《えんすいだい》形状のかご網を数日間海底に敷設しておき、魚やタコが入って来るタイミングを見計らって曳き揚げる。

ミズダコは頭がいい。

学習能力がある。並み外れて警戒心が強い。おまけにきれい好きときているから、漁師にとっては厄介極まりない代物だ。ちょっとでも漁網がほつれていたり、海藻や流れ藻が網目に挟まっていたりするだけで、絶対に中には入ろうとしないからだ。

さらにミズダコは食通で知られている。必ずといっていいほど、瑞々《みずみず》しい高級魚から順番に食っていく。

例えば。かご網の中に入ってくるヒラメを食い尽くしてしまえば、次はアイナメ、アイナメの次はカレイ、次はタラやドンコ（エゾアイナメ）といった具合で、柔らかいハラワタ部から順番にむさぼっていく。生きた餌しか食べようとはせず、死んだ魚には見向きもしない。

そうかと思えば、これほど悪食なヤツもいない。お気に召す魚がいなかった場合はエビやカニ、貝類、目の前にあるものは無分別に食べ尽くす。かご網の中の獲物を全て腹に収めてしまったら最終の手段。なんと自分の腕まで食べてしまう。あとで再生することを本能で知っているのだ。

腐臭に誘われてかご網に入った魚を狙い、ミズダコはあとから侵入してくるのだが、とくに夏の季節、入り口から入れないくらい大きな頭を禿げちらかしたミズダコが、かご網の上にまたがった状態で揚がってくることがある。

長い腕を伸ばし、かご網の中の別個体に照準を合わせ、外からぬめぬめぬるぬると執拗な攻撃を加えている。

テリトリーを巡るせめぎ合いか、子孫繁栄のための威嚇攻撃か。ミズダコの生態については不詳が多く、真相は慮《おもんぱか》るしかない。おそらく、共食いというより相手を殺すことのみに集中していると思われる。こういうときは、いとも簡単に船上に取り込まれることになる。

——陽光が照り映える頃。岸から六マイル、水深百メートルの漁場に到達。

紺青《こんじょう》の波間に二本の梵天《ぼんてん》（洋上の目印。浮き球に旗がついた竹棒を括り付けた浮標）が浮き沈みしている。この真下には、一本二千二百メートルの幹ロープに対し、百個のかご網がついている漁具が沈んでいる。

漁師の言葉では〈縦に打つ〉というが、他船が通過する際、漁具の在処《ありか》を示す注意喚起として沿岸線から垂直、つまり南北百八十度のラインに沿って梵天を浮かべておかなくてはならない。そして同業者同士が互いの漁具を引っかけて諍《いさか》いを起こさぬよう、北方の梵天には黒色の旗を、南方の梵天にはオレンジの旗を立てよ、という県が定めた自主規制ルールが定められている。

潮上《しおかみ》から潮下《しおしも》に流す一本の幹ロープを引き揚げるだけで、ざっと小一時間。揚げたあとはかご網の中の漁獲物を回収しつつ餌を付け直し、船を微速前進させながら、約三十分間かけて次の漁のために海中に敷設する。それから再び漁場を移動し、ほかの漁具を揚げつつ、また餌を取り替えながら流していく。ミズダコ漁は、ひたすらこの筋肉労働の繰り返しだ。

……ときおり、餌を盗もうとするカモメが、甲高い声で啼きながら頭上をかすめ過ぎていく。仕事に没頭して下ばかり向いているときは、泣く泣く貴重な餌をかっさわれることもあるが、クマのにらみが利いているときは、一定の距離を保ったままそれ以上接近してくることはない。

「あいつら、クマにびびっているんだ」

クマは目を細めながら、うんうんと頷いている。

「さあやるぞ、しっかり餌を見張っておいてくれよ！」

前のめりに身構えるクマ。巻き揚げ開始――。

ブルドーザー式の漁

世界三大漁場の一つに挙げられている三陸沖は、古くから漁業が盛んであった。この海を語るに欠かせない重要な存在がある。オホーツク海から流れ出る流氷だ。冬、ロシアのアムール川の河口付近で作られた流氷群は間宮海峡を埋め尽くして南下。北海道の網走沖や紋別沖に流れつく頃には巨大な氷塊となって沖を埋め尽くし、やがてそれが溶け出すと親潮に乗ってさらに南下する。

一方、三陸沖では、急峻《きゆうしゆん》な原生林で埋め尽くされている数々の山稜から大量の雨水が染み出し、土中の栄養が清流に溶け込みながら海に注ぎ込まれていく。

栄養に富んだ三陸独特の海水と北からの親潮が混ざり合った瞬間、爆発的なエネルギーが生じ、プランクトンが大発生する。食物連鎖の理《ことわり》に従い、イワシに代表される小魚の群れが形成され、それを狙う中型魚大型魚が結集する。こうして三陸沖は、異種様々な魚が百花繚乱《ひやつかりようらん》入り乱れるのである。

だがここ数年来、異変が起きている。地球温暖化に伴う海の季節の遅れだ。地元漁師は小型の魚を称して「ピン」と呼ぶが、最近は揃いも揃ってピンばかり。三陸沖ではポピュラーな顔ぶれのヒラメやタラ、アイナメ、ドンコも然《しか》り。年々魚体のピン化が進んでいる。

海の生態系は三十年周期で魚種変更する、とも言われている。さもありなん。確かに魚がやせ細っていくのはその前兆かもしれない。だが、その影響を遥かに越える地球温暖化の加速は凄まじいの一言に尽きる。近年では、鰆《サワラ》の幼齢魚が、秋の魚の代表たるシロザケと一緒になって定置網に入ってくる有様なのだ。このように本来あってはならない自然界の矛盾を目の当たりにするたび、地元漁師は名状しがたい不安に襲われている。

達矢が生業とするミズダコ漁の盛漁期は年に二回。

春から夏にかけての漁期は、自宅の裏側の山腹に咲く一本のヤマブキ。それが満開に咲いたときから始まる。この一メートル弱の一本の山吹色が基準木となり、ミズダコの訪れを知らせてくれる。

時期的には三陸地方独特のヤマセ（北日本の太平洋側に吹く冷湿な北東風）がやってくる五月頃から八月の中旬頃まで。ベストの表面水温は十五度。

真夏の休漁期を経て、秋から冬にかけてとなる次の漁期は、タコが産卵行動のため浅場に上がってくるときで、水温が十七度を切った十月上旬～下旬。このときの基準木は海岸の崖地や砂地に咲いているハマギク。花が芽吹いてきた頃からつぼみが開いた頃が網入れ開始の合図を告げてくれる。終期は年内いっぱい、もしくは翌年の一月の半ばまでだ。

このパターンが近年少しずつ狂い始めている。

春漁開始を告げるヤマブキを例にとれば、以前は満開になったときが操業開始のタイミングだった。それが散り終わった頃に変わり、やがて秋漁開始の目処となるハマギクの満開を過ぎた頃に変わった。年を重ねるごとに散り始めの時期へと変わり、今では完全に散り切らないと漁を始めることができない。

むろん、これは達矢の経験則に基づいた指標に過ぎない。最終的に出漁の可否を決定するときは、旧暦を見、空の色を見、山の色や海の色を見る。だが最近ではそれらの指標さえ通用しなくなりつつある。つまり海の自然と山の自然が織りなすサインが乖離《かいり》しているのだ。

それ以外にも深刻な事象がある。

右肩上がりを続けているA重油の価格上昇だ。

小型漁船といえど、鷹飛丸の腹を満たしてやるには、油代だけで年間百万円の出費になる。

個人漁師（自営漁師）に追い打ちをかけたのは、バブル崩壊後のデフレ不況から勢力を増してきた大型船のトロール漁、そして二艘曳きの旋網漁《まきあみ》だ。イワシやサバ、アジ、カツオ、マグロなど、回遊魚を大きな網で包囲し一網打尽に採捕《さいほ》する。

岩手県だけで五船団ある百トン超の大型船が、巨大な網で海底を曳き回しながら航行するため、メジと呼ばれる幼齢マグロ、マダラ、スケソウダラ、メヌケ、カレイなどの底魚、さらにはタコやイカも混獲されてしまう。

資源保護の観点から、二キロ以下のミズダコは海に戻す自主規制ルールが設けられているが、船上で死んでしまっては元も子もない。現状について達矢はこう語る。

＊＊

今のような漁を続けていけば、近い将来、次世代の種がなくなると思います。例えば三陸で捕れるキチジという高級魚。トロール船は赤ちゃんみたいな魚でもバンバン根こそぎ捕ってしまう。最急激な水圧変化に耐えられない深海魚は、船上に揚がったときには目玉が飛び出してしまう。最後のほうに網に入った魚は別として、多くが傷つき、あるいは身が崩れた状態で死に至る。雑魚や価値のない魚は沖で掃いて投棄され、捕った魚が総菜や加工食品の原材料になる。当然ながら捕った魚の鮮度や品質は度外視です。

ミズダコの子どももそうです。国内消費の四分の一は、アフリカのモーリタニアやアフリカの奥地からです。日本の商社が向こうの政府に対して自国の中古漁船や冷凍施設の建設事業計画を売りつけ、その見返りとして貧しい現地の漁師を働かせている。原魚やタコは現地で冷凍までやらして、まとめて全部それを買い取るという、自分たちは絶対に損をしないやりかたをしているんです。大量生産大量消費が命題だから、いっぱい捕れて効率のいいトロール漁法で捕るわけですよ。必然的に全部捕り切ってしまう。少し考えれば誰でもわかることですが、移動性が少ないタコや固有種の魚を毎日大量に捕っていれば当然枯渇していくし、やがて一匹残らずいなくなります。すると、その国の漁場はお役ご免でサヨウナラ。日本人は海外で随分悪いことをしていますよ。

クマとの出会い

「……風もなくて、波もなくて、いい感じだったんだけどなあ」

かろうじて平静を装っている主の表情だけで、今朝の漁の良し悪しが理解できているクマ。

達矢は頭をぼりぼりと爪で掻きながら船尾側にある水槽《かめ》の蓋を開けた。中にはドンコが数匹泳いでいる。このくらいの数ではわざわざ魚市場に水揚げするには及ばない。家で待っている妻の手によって、今夜の晩飯はドンコの塩焼きもしくはドンコ汁になるだろう。

根魚《ねざかな》特有のずんぐりむっくりな姿形をしたドンコは一見ナマズのような面立ちをしているためか、普段は地産地消の雑魚として扱われる。ところが冬場になると扱いは別。ドンコ汁という鍋の主役の座に躍り出て、かご網漁の貴重な副産物となる。

七月末から捕れ始めるこのドンコが、一つのかご網に対して軽く十匹は入らないとミズダコの大漁は期待できない。

達矢は水槽の蓋を閉じ、舳先に繋いでいるクマに歩み寄りながら言う。

「腹減っただろ。ほら、かみさんが握ってくれたウニ入りのおにぎり。美味いぞう」

球の形をした特大握り飯の半分は自分が食べ、残りの半分はクマの鼻つらへ。クマは後ろ脚だけで立つポーズで小躍りしている。

「こらこら、もっと味わって食わんか」

ご満悦のクマは一口でそれを飲みくだす。


――田野畑村ではもっとも奥深い山間部で果樹農園を経営する男から一本の電話がかかってきたのは二〇〇二年の夏。

「豆柴《まめしば》と蝦夷犬《えぞいぬ》（アイヌ犬）の中間でオス。うちではこれ以上もう飼えないので、もしよかったらたっちゃんの家でもらってくれないか？」

この村の農家は、神出鬼没に現れる野生動物を追い払うための番犬として多くが犬を重宝している。とくに熊。冬眠する前後や山菜の時期になると決まって人里へ降りて来、牧草や野菜を食い荒らされる獣害が続出する。

山の牧草地で放し飼いにして飼っていた一匹のメス犬が、続けざまに四匹の仔犬を出産したという。元々、仔犬が産まれたら知らせて欲しいと園主に頼んでいた達矢と妻は、翌週喜び勇んで果樹農園に赴いた。

園主が運んで来た段ボール箱の中には、白玉団子のようにふわふわの毛皮をまとった仔犬たちがすやすや寝息を立てている。

「や、めんこいなあ」

その声を合図にしたように仔犬たちはむくりと起き出し、一斉に段ボール箱の外に飛び出してきた。クークーという愛くるしい叫び声を張り上げながら、二人の足先にじゃれついてくる。

園主が、ドッグフードを盛りつけた小さな餌皿を仔犬たちの前に据え置いた。

四匹のうち三匹は、強引に頭を突っ込みながら我先にと食べ始めたが、体が小さい一匹だけはその輪に加われず、餌皿の周りをうろちょろしている。

「こいつだけ食わねえ」

達矢が独り言のように呟くと、

「元気がねえのかな。ウンともスンとも言わねえな」

と、園主も首を傾げる。「この犬にします」やおら妻が言い放った。

「え？」

言い出したら絶対に意志を曲げない妻。だが、少し考えてから達矢もその意見に同意することにした。それは妻に負けないくらい自分も子どもが欲しかったから。

「おまえ、うちの子になるか？」

小さな体をそっと顔の辺りまで抱き上げた。ひび割れた声を発しながらペロペロと達矢の唇を舐めてきた仔犬は、後日クマと名付けられ、家族の一員となった。

修行と葛藤

大正元年生まれの伊蔵《いぞう》は、磯漁を営むベテラン漁師。村では名人として誰もが一目置く存在であった。

十八歳のとき、大柄な体格を買われた伊蔵は、村役場で行われた兵役検査で甲種合格《こうしゅ》。終戦間近の一九四四年十二月。伊蔵は、「このままでは日本は負ける。必ず食料不足になるから、できるだけ畑を広く耕しなさい」と遺言を残し、工兵隊の無線通信兵として旧満州に応召《おうしょう》した。

伊蔵が軍曹に進級した頃、すでに戦況は悪化の一途を辿っていた。検閲係でもあった伊蔵は、戦友たちが家族宛てにしたためた手紙を、未開封のまま全て内地に送っていたという。モールス信号で内地に戦況を逐次報告する任務も担っていた伊蔵は、誰よりも冷静に戦局を捉えていたのだった。

やがて最前線に送られた伊蔵は、敵軍歩哨兵《ほしょうへい》の銃撃を肩、足の踵《かかと》、右腕に受け負傷。銃弾が二カ所体に埋め込まれたが、戦友の肩を借りながら命からがら脱出。生還に成功した。

復員した伊蔵は、二十歳で網元の次女をめとり、男一人女四人の子宝を授かった。それからは一家の経済を支えるためになんでもやった。海で魚を捕り、山の樹を切って炭焼き、畑作……。阿修羅《あしゅら》の如く戦後の食糧難の時代を生き延びた。

ときが経《た》ち、一九五七年の夏。一年でもっとも暑い日であった。

「痛たた……」妻が下腹部を抑えながら苦悶の表情を浮かべている。岩手ではもっとも僻地の無医村――産婆を探し出すあてても余裕もなかった。

「よし！　待っておれ！」伊蔵は十六歳の長女と二人がかりで赤ん坊を引きずり出し、へその緒を切った。こうして六番目の子として生まれたのが達矢。

生粋の浜っ子。浜育ち。物心がついた頃から海べりが遊び場。文明に毒されず四季のうつろいを学びながら腕白ぶりを発揮していく幼き日の達矢は、腹が減れば地元の少年らと一緒に海岸へ向かう。海底が見えないほど密集している天然わかめや天然昆布の原草を手でむしり取り、路傍の竿で天日干し、茹でて塩して食った。

冷凍技術を必要としなかったこの時代、村の中心にあった小学校に至る通学路には、漁師のかあちゃん連中の手によって割かれた干しスルメイカがひらひらと風にたなびいている。腹が減るあまり、ついついそれに手が伸びてしまうが、そんなことで咎《とが》める者は誰もいなかった。

まだ電気洗濯機もテレビも普及していない村であった。

息子の内なるところで動き始めている漁師の資質をいち早く見抜いたのは伊蔵だ。

達矢が小学一年生になるのを待っていたかのように、磯漁で使うサッパ船に乗れと言い、櫂《かい》をこぐ役目を与えた。

親の心子知らず。遊びたい盛りの達矢には苦痛でならない。

学校の授業が終わって家に帰ってくると、伊蔵が腕を組んで待っている。役割として与えられた仕事は、百本の釣り針にエラコというゲジゲジ虫を付けること。

子ども心に気色悪いったらありゃしない。

「そんなに遊びてえなら、それをやってから行け」

半べそを掻きながら、黙々とそれをやり遂げると、

「なら山に入って薪取って来い」

働けど働けど矢継ぎ早に紋切り型の命令が下ってくるから、ゆっくり腰を下ろす暇もない。

冬の三陸といえば暖を採るための薪ストーブは欠かせない。来る日も来る日も杉の葉拾い。それが終われば種火を灯してからの薪集め。親の仕事を手伝わない子は遊びに行ける資格なし。どの家庭でもそれが当たり前だった。

こうして達矢は、中学を卒《お》えてから盛岡の高校に通うようになるまで、網のつくろいかた、海のことや魚のこと、山で生きるための知恵を半ば強制的に仕込まれていった。

伊蔵が得意としていた底延縄漁《そこはえなわ》とは、幹ロープから等間隔で枝ロープを結わえ、その先端に釣り針を仕掛けて釣る、主に底魚を狙う漁法。

十八番《おはこ》は海底に棲むヒラメを捕る伝統漁法「ヘラ曳き漁」。サッパ船を二ノットで走らせながらの曳き縄漁で、五本の枝ロープの先端についている擬餌針が、海底から五メートル上層付近を通るよう、ヘラ（潜行板）を付けた仕掛けを曳き回していく。釣りに例えればトローリングに近い。

活き餌で釣り上げる漁もあるにはあるが、毎回餌代がかかるため儲けが減る。いかにして偽物の餌を生きた魚に見せかけて大物を食いつかせるか。それが漁獲量と利益に直結する。

当時はもの凄かった。畳一畳ぶんはあるような五キロクラスのヒラメが立て続けに五匹、十匹、と釣れることはざらであり、伊蔵はこの漁だけで家族を半年間養えるほどの稼ぎを得ることができた。

〈ヒラメは泳ぎもの〉という漁師の格言がある。活魚以外のヒラメは価値が半減するという意だ。生きているときは高級品でも、弱ったり死んだりしてしまうと二束三文のヒラメ。そのため、片道で約五十キロ距離が離れている宮古漁港から、大型船に乗った仲買人がわざわざやって来て、新鮮なヒラメを海上で買い取っていく。〈陸の孤島〉と呼ばれていた田野畑村にはまだ魚市場がなく、船上が主な商取引の場になっていた。

伊蔵はしきたりを重んじる漁師だった。例えば漁の最中のこと。見たこともないウミヘビに似た魚に出くわしたことがある。思わず達矢は、「ヘビだ〜」と声が弾んでしまったのだが、その刹那、大きな拳骨《げんこつ》が飛んできた。

「痛て！」

「ばかたれが！　縁起でもねえ！　船に乗っている間はその言葉を吐くもんでねえ！」

突然色をなした理由がわからない。陸に戻ってからややすると、伊蔵は普段どおりの穏やかな顔付きに戻り、諭すように言った。

「なあ、これは漁師の決まりごとだ。海の上ではヘビって言っちゃだめだ。海の上だけではねえ。陸で見つけても殺してはだめだ。あとで必ず厄がついて大漁から見放される。危ない目にも逢う。だから漁師はヘビを神様だと思って大事に扱わねばならねえ」

漁港の近くにある神社の社にヘビを祀った絵が大切そうに飾ってあることを知ったのは、ずっとあとのこと。以来、伊蔵の教えを金科玉条《きんかぎょくじょう》とし、ヘビこそは神の化身だと達矢は頑《かたく》なに信じている。

漁の師でもある伊蔵の言うことは絶対であった。

彼が存命だったとき、それこそ耳にタコができるほど徹底的に言い聞かされた言葉がある。

「いいか達矢。自分の基準木《きじゅんぼく》を探すんだ。海と陸は繋がっている。自然のことは自然から教えてもらうのが一番なんだ。誰も教えてくれねえ、自分でそれを見つけろ。そうやって生き抜け」

北三陸に暮らす漁師の間には、古くからの言い伝えがある。

路傍にヤマウサギやキツネが顔を出し始める春の季節。タコや底魚が沿岸域に寄ってくる合図は、山桜の花が散り、黄色いヤマブキが花を満開に咲かせ、山いっぱいの木々が新緑に輝き始める頃。

次は秋の風が冷たさを増してきた頃。空には鱗雲、陸にはハマギクの花が咲き始める。

それが自然から下される教え――網や仕掛けを入れさえすれば必ず豊漁に恵まれるのだった。伊蔵も特定の基準木や基準花を持っていた。漁師の世界は弱肉強食の世界。むろん誰にも秘密だ。ここぞと決めたその木や花が芽吹いたとき、散り始めたとき、散り終わったとき、この合図を見逃さないことで狙った魚の漁期や漁場をどんぴしゃり予測していた伊蔵の読みはまさに百発百中であった。

風の読みかた、天気図の読みかた、霧がかかったときでも陸に戻ってこられる方法。達矢はこれら全てを父から教わった。

現代では当たり前に使われている機械類――例えばGPSやレーダーがなかった当時、沖合いで己れの命が頼りにするところは、研ぎ澄まされた五感と方角を示す羅針盤だけだ。

当時は面白いほど魚が捕れた。わざわざ遠い沖まで出しゃばらなくてもだ。手釣りだけで満船にできたし、何度も繰り返し同じ漁場に通ったものだ。それでも魚はごまんと捕れた。

むろん、ずぼらな先輩漁師もいた。彼らにとって漁とは道楽の延長みたいな商売だった。好きなときに好きなだけ捕り、前浜（家の前にある浜）でありったけ売りさばく。でっかい一山を当てることしか興味がない博打打ちのような風貌の彼らが肩で風を切り闊歩している港の原風景であった。

天然のわかめや昆布が沿岸に打ち寄せてくる七～八月は村の子どもたちにとって小遣い稼ぎのチャンス。

寄り芽といって時化《しけ》によって磯の根際《ねぎわ》から剥がれ落ちたわかめなどの海藻が沿岸に打ち寄せてくるのを待って、子どもたちは竹竿に付けた針金で引っかけては採りまくる。

「寄り芽なんか臭くて食えたものではない」と県南の者は敬遠しているが、県北の田野畑村では逆に重宝され、葉状部を干して食べたり、味噌汁の出汁《だし》にして食べたりする風土が昔から根づいている。

登校前、達矢は毎朝のように竹竿を握り前浜に向かう。採れた海藻は短く切り刻んでゴムで縛り家の前に干しておく。これを手売りするだけで念願の自転車を買うことができた。


岩手県全域で養殖わかめ漁や養殖昆布漁が急速に広がったのは一九六五年頃。

村ではサケのふ化放流事業が始まった。国が定めた標語――「捕る漁業から育てる漁業へ」が全国に浸透したことで、天然ものをわしづかみ式に採捕する原始的な漁業形態は隅へ追いやられ、養殖漁業に代表される〈計画性を伴った大型管理漁法〉が拡がりを見せていた。莫大な初期投資が必要な養殖ホタテ漁が始まったのもこの頃だ。

「誰が養殖なんてモン考えたんだべ」

こんなことを言いながら、漁師仲間数人が実家に集まり、困惑の色を浮かべながらブツブツとこぼしていた姿をのぞき見た記憶がある。

結局、村の漁師たちは時代の流れに抗《あらが》えず、晩年になってからようやく養殖わかめ事業を始めることになる。だがすでにとき遅しだった。

＊　＊

子どものときはね、とにかく働きましたね。親父はね、昭和八年に起きた昭和三陸地震津波を体験しているんです。そのときに身にしみて感じたんでしょうね、ことあるごとに「大地震が起きたら海は十年はだめになる」と話すんです。地球温暖化の影響は別にして、その言葉を思い返せば、やっぱりそんな気がします。その頃の沿岸漁業はサッパ船という小さな手漕ぎ船でやっていたんです。それだけで十分食えていた。その頃、村には灯油もなかったから、魚が捕れないときの親父は昭和四十年頃まで副業の炭焼きをして食いつないでいました。それから少しずつ船の大型化が進んで、親父はもう時代についていけないと言い、やがて漁を畳みました。

＊　＊

一九六八年の五月、達矢が小学五年生のとき。突然大きな揺れに襲われた。マグニチュード七・九を記録した十勝沖地震。

三陸の沿岸域一帯では古くから連綿と受け継がれている「てんでんこ」という言葉がある。簡単にいえば、それぞれバラバラにという意だ。

いざ津波が襲ってきたとき。己れの生命に関わるそのときに限っては、親であろうが子であろうが周囲のことは一切気にせず、一番近い高台に向かって一目散に逃げろ、という先祖伝来の教えだった。

頭で考えるより体が先に動いた達矢は、「てんでんこ」の教えに則って、道路の法面《のりめん》から学校の裏山へと一目散に駆け上った。

ややあって三陸沿岸を中心に三〜五メートルの津波が襲来。幸い甚大な被害はなく終わったが、達矢の目には、遙か彼方の海水が瞬く間に引いて行き、どす黒い海底が現れる様がはっきり見えた。

そのあとに父が呟いた予見の言葉がいまだに忘れられない。

「大津波のあとは、どの漁場でも磯焼け現象が起こる。そうなればわかめも昆布もだめになって、アワビもウニもいなくなる。魚もまったく捕れなくなる。元の海に回復するには最低五年から十年、いやもっとかかると覚悟しなくちゃならねえ。でも、じっと待っていればいつか大漁が訪れる。我慢だ。じっと我慢が大切だ」

県立盛岡工業高等学校を卒業した達矢は、自動車整備工としてトヨタカローラに入社した。元々機械いじりは好きな性質《たち》だが、いまいち仕事に身が入らない。同期の新人が責任あるポジションに就いていく中、一人浮いた存在になってしまった。退職後は知り合いのつてで板前の丁稚奉公をしていたが、これからどうするべと行く末を真剣に悩み始めたとき、

「とりあえず定置網さ入ったらどうだ？」

という伊蔵の仲立ちにより、実家から目と鼻の先にある島越漁港の定置網漁師として働くことになった。

田野畑村漁協の定置網は八カ統（操業者の単位）。漁労が許可される組合員は、准組合員と正組合員に分けられている。

融資制度が受けられる正組合員になるためには、最低百二十日以上の操業が必須だが、実際に捕った水産実績もなければ日数に加算されない。

その点、定置網漁は陸上での網仕事も含まれるため、正組合員になるためには一番の近道なのだ。

ところが、よくよく調べてみると、漁港の定置網は民間企業による経営だった理由から、百二十日従事しても三十日分としか計算してくれない、という。仮に一年中休みなしに働いても九十

日分の操業としか認めてくれないのだ。

そこで手始めに始めたのが、一人でも操業できる「曳き網漁」。

サッパ船を動かすのに必要な船舶免許は、高校のときの夏休みを利用して取得していた。当時は漁協で二日間の講習を受けさえすれば誰でも小型船舶四級（現在の二級）の免許が取れたのだ。遠くの海域まで行くことが許される一級船舶免許を取得したのは、漁船漁業漁師として独立してから。

定置網で一緒に働いていた漁師仲間は二十人弱いたが、魚市場がない島越漁港から車で片道一時間半の宮古市までは、若い衆が毎日鮮魚を運ばなくてはならない。

達矢はしめしめとばかりに運転手役を引き受けた。運転手には別手当がつくため、そこそこの稼ぎにはなる。

四トンのロングボディに初心者マーク。田野畑村を南北に縦断している荒道の国道45号線を、雨が降る日も雪が降る日もひたすら通い続けた。

意気軒昂《いきけんこう》の達矢にかなう同世代の男は誰もいなかった。

翌年の春。ボソリと「これに書け」と言いながら伊蔵が差し出した紙切れを見た瞬間、達矢はまさかと自分の目を疑った。

それは村役場の職員募集要項の書類であった。

「なしてだ?」

伊蔵は答えない。あとでわかったことだが、本心では堅気の道に進んで欲しかったようなのだ。予期せぬ父の翻意に納得がいかぬ達矢であったが、この時代の父権は絶対。抗《あらが》うことは許されなかった。

こうして達矢は始めたばかりの漁師の仕事を辞し、役場で設計図面を書いたり測量したりする土木業務の電気技師として働き始めることになる。

二年後、総務課広報担当に配置換え。村の情報発信役としての全責任をしょわされた格好になった。

つい昨日まで技師屋の帽子を被っていた男が、いきなり観光パンフレットの制作。さらに月に一回発行される広報誌の編集作業、撮影、取材、ガリ版刷り。有線放送の原稿書き、そのほか諸々の雑務。

これらを一切合切一人でこなさなくてはならない。

大抜擢といえば言葉の響きはいいが、いかんせん体は一つ……。

この頃、兄の結婚式会場で出会った二つ年上の公務員女性と結婚した達矢、二十九歳。役場での仕事は、広報や企画に加わり、さらに財政まで任されるようになっていた。

企画の役職とは、役場が来期の予算を策定するにあたり、どのような目途《もくと》で組むのか、多岐にわたる事業計画を練り上げる立場。財政は、各課長から提案される諸案件や予算編成案に対し意見書を添え、事案の削減や調整を図ったうえで来期予算を策定する重要な立場だ。要するによろず屋。

間断なく続く仕事漬けの毎日にノイローゼ状態に陥った達矢は、次第に酒の力に頼るようになった。

もともと酒は滅法強い質《たち》。毎晩のようにサントリーウイスキー・オールド一本を空にするペースで飲み続けていくうちに、それまで楽しく飲めていたはずの余情の酒は、職場のストレスから一時的に解放されたいがための自暴自棄の酒に変わっていった……。

底つきの酒

　酒量の制御が利かなくなった時期は、一九八九年四月一日から施行された消費税導入の頃。前年の暮れに支給されていたボーナスのほとんどを使い、酒と煙草を買い占めたのだった。

　それから一ヶ月後。入稿締め切りにぎりぎり間にあった広報誌の仕事が終わり、気が緩んだところで連休に入り、倉庫に隠してあったウイスキーを朝昼晩止めどなく飲み続けた。二十四時間×七日間、酒浸り。妻にばれることを恐れた達矢は、二階の押し入れに籠もってひたすら飲み続けた。連休が終わっても連続飲酒癖は収まらず、朝の出勤時、職場の椅子に座った瞬間から酒が飲みたくてたまらない。

　……真夜中に帰宅。それから浴びるように晩酌を始める。むろん翌朝の午前中は意識が朦朧《もうろう》としているから頭そのものが使い物にならず、午後になっても一向に能率が上がらない。むくんだ顔のまま騙しだまし仕事を続けても体中からアルコール臭が漂っている。

　そうこうしているうちに内臓が悲鳴を上げた。――米の一粒すら喉元を通らない。水を飲んでも吐いてしまう。

県立久慈病院の一般内科で血液検査してもらった結果、肝機能の悪化を示す数値が基準値を大きく超えている。眉をひそめた医師からは、

「飲み過ぎです。ひどい肝機能障害だ。体内のアルコールを全て抜き切ったあと、点滴治療をするから、とにかく肝臓を休めなさい」

と告げられた。

一時的に体調が復帰しても、退院すれば元の木阿弥だった。再び食べられる、再び飲むことができる。飲みさえすれば心の平安が訪れ、開放的な高揚感に浸ることができる。すでにこのとき、達矢はアルコール依存症に片足を突っ込んでいる状態だった。


岩手県内陸北部に位置する一戸町《いちのへまち》にある精神科単科の県立北陽病院の開放病棟（現在は県立一戸病院と統合）。岩手県に一棟だけある精神科病棟である。

「……俺は狂っていない」

ここまで来ていながら達矢は激しく憤っていた。

精神病院に行きたくない理由はほかにもある。世間体。この狭い村社会では、アルコール依存症、パチンコ依存症などに対する差別的意識がとてつもなく強い。噂はあっという間に広がるだろう。すでに村役場は一年間の休職扱いにされている。元同僚からは物笑いの種どころか、あんぽんたん扱いにされるに違いない……。

このとき達矢は三十四歳。

誰にも告げず、田野畑村から内陸方面に向かい、車でひた走ること二時間。

到着早々に院長から下された診断結果は、重度のうつ病性アルコール依存症。

「ここは開放病棟ですから出入りは個人の自由です。外に行けば、お酒も買うこともできます。アルコール依存症は否認の病気といって、アルコール依存症だと認めない限り、治ることはありません。心の底からそう思ってくれたら、これから受ける解毒治療の八十パーセントは終わったようなものです」

院長からはそう告げられ、三ヶ月間の専門治療を受けることになった。

入院してわかったことだが、重度のアルコール依存症患者には様々な離脱症状が現れる。呂律が回らない。まっすぐ歩けない。手が震える。歩行困難。言語滅裂。意識障害。尿失禁する者もいる。幻聴や幻覚が現れる者もいる。そこまで墜ちてたまるか。内心ではそう思いながら、達矢の場合は異常な発汗が押し寄せてくる。掻きむしりたくなるような緊張感から逃れるために、また酒を飲みたくなる。

他人様から、どうしてそこまで酒を飲むのか？　と問われるのが一番困る。

答えようがない。これが正直な心の声だ。

楽しくなりたいから飲むのではない。辛いから飲むのではない。ただ酒が飲みたい。それだけが達矢に酒を飲ませる要因だった。達矢は己れの内なるところにこう言い聞かせ続けた。

（俺の気持ちが医者なんぞにわかってたまるか。だいたい俺はそこまで墜ちていない。せいぜい三割程度は認めてもいいが七割は認めてやるもんか。断酒して生きるか、それとも飲んで死ぬか……。

要するに、今よりも酒の量を少し減らせばいい。誰にも迷惑をかけず、静かにおとなしく、ちびちびと飲めば大丈夫……）

専門用語で「底つき」と呼ばれる状態だった。心の底ではこんな風に思っているから、三ヶ月後、退院してからの出戻りはあっという間だった。解毒治療が終わった途端、ふらふらと外に出かけ、すぐに再飲酒してしまう。断酒どころか飲酒の量は確実に増えていく一方……。

二回目の入院。達矢は院長の勧めに従い、院内に設けられた自助グループの断酒会に参加した。アルコールにまつわる体験談を他人に発表したり、他人の失敗談を聞いたりすることで、自分自身の状態を理解し、酒と体に関する知識を深めることを目指したのだった。

……とりあえず一切の酒を断ち切った状態で退院。それから半年経った頃、押し入れの奥の戸棚のさらに奥の隅に隠していたウイスキーの在庫が切れようとしていた。

気がついたときには泥酔。完全に理性をなくしていた。夜の帳《とばり》が下りた時間、妻のいない間隙を縫うようにして、馴染みの個人商店に向かい、公務員時代に購入した新車のローレルを走らせた。……そのままコンクリートの電柱に正面衝突。フロントガラスは粉々。電柱が真っ二つに折れるほどの大事故にもかかわらず、額を切っただけの軽傷で済んだのが今思いだしても不思議でならない。

三度目の入院。断酒会でも否定し続けていた己れの病気の根の深さを自覚したとき、最初の入院から二年の月日が経過していた。

＊＊

内科の入退院を二回繰り返して、三回目は急性膵《すい》炎。すげえ痛いんです。それから肝炎で二回入院。そのときですよ。飲みたくてどうしようもなくて。病院の目の前に酒屋があったんです。院内ではパジャマを着なくてはいけない決まりですが、夢中でカーディガンを羽織って、パパパーと走ってパパパーと買ってくるわけです。病室に備わっている電気ポットにポケット瓶のウイスキーを浸して、ばれないように夜中こっそり飲む。昼間はベッドの上で肝臓の点滴をしてもらっているくせに、夜は我慢できずに酒を飲む。

あるとき、ガラガラ！　とカーテンを開けられたと思ったら、看護師さんが鬼の形相で立っている。次の日、主治医からは、「あなたはここではだめだ。私は専門医じゃないが、間違いなくアルコール依存症だと思う。看護師長さんが専門の院長先生がいる病院を知っているから、そこへ行きなさい。紹介状を書いてあげる。ここで酒を飲まれては治療にならないし、脳の病気だからここでは治せない」と完全に見放されてしまった。そのときはすでに自分でもおかしい、俺はアル中でないかと、ある程度自覚はしていました。

高能率の漁

――今度こそ本気で仕事に打ち込もう。

不退転の決意で始めたのは、伊蔵直伝のヘラ曳き漁。

滑り出しこそはかばかしいものではなかったが、サッパ船を曳く速度を変えてみたり、ヘラの形状を工夫してみたり、あれやこれやと試行錯誤した末、一日でトータル百キロ前後のヒラメが捕れるようになった。

公務員として働いていた間、達矢は准組合員の扱いになっており、再び正組合員になる必要があった。漁船を購入する際、正組合員でなければ融資を受けられないのがその理由だ。竿一本垂らすだけの趣味釣りでも漁労実働の記録には加えられるため、毎日欠かさず沖に出た。サッパ船で百二十日の水産実績を作った達矢は、晴れて漁協の正組合員に再昇格。宮古市で見つけた二トンの中古船を手に入れた。

この頃の岩手県の主要魚種は、放流事業と大型定置網を組み合わせた秋サケ漁。さびれた村の至るところに場違いなサケ御殿が建ち並び、それこそ猫も杓子も億万長者がごまんといた。

「俺もサケやってみてえなあ」

漁法は二種類。一つは漁協が経営する固定式の定置網漁。もう一つは個人でする延縄《はえなわ》漁。

達矢は許可漁業——サケ延縄漁の県知事許可を得るため、県庁に赴き、各申請書類を水産振興課窓口に提出した。

その最中、漁協の幹部からの電話があり、今すぐ船名を決めろという。

「え、急に言われても」

「みんなそう言うんだ。おい面倒くせえからすぐに決めろ」

威圧的な濁声《だみごえ》を聞きながら、憧れの加山雄三が歌う「セールオン～　光進丸よ～　俺を銀色の海に誘え～♪」の歌詞がふと頭に過《よ》ぎった。

「……じゃあ光進丸」

「いい名前だ。はい決定」

サケ延縄で使う仕掛けは一縄《ひとなわ》で二百メートル。餌はセグロイワシを丸のまま一匹、もしくはサンマのぶつ切りを房掛け。

海中に沈めるための錘《おもり》は付けず、桐の木にペンキを塗った浮子《ふし》が海面にプカプカと浮いている状態を保ちながら、サケの魚群が海面に浮いてくるのを待つ。

季節によって異なるが、縄を打つタイミングは東の方角が白み始めた早朝。深い水深から始め、少しずつ浅場へ伸ばしていく。

サケは海底付近から中層を泳ぐ。朝日が昇る直前、夥《おびただ》しい数のオキアミが表層近くに沸き、それを追いかけるイワシ、それを追いかけるサケが海面近くに湧き上がる。その一瞬を狙い仕掛けを放つ。

サバやカジキも同じだが、サケは餌を食った瞬間、横へ横へと突っ走る習性がある。だから何匹もサケがかかったとき、ぼやぼやしていると、あっという間に縄がからまってもつれ、団子になってしまう。のんびり待つ漁であれば、引き揚げながら順番どおりに網を直していけるが、この漁は短時間勝負。せいぜい十分がいいところだ。間怠《まだる》っこしいことをしていたら、せっかく湧いたサケの群れが瞬時に散ってしまう。

大漁に恵まれ、浮子が網にからまってしまったときは、陸で待っているじいさんばあさんが大活躍する。頼めばそれこそ名人技で直してくれるのだ。

サケ延縄の盛漁期は十一〜十二月。当時、二十枚も縄を打てば、一日で八十万円は稼いだろう。

達矢だけではない。ほかの漁師も、仲買人も、縄屋のような末端業者も、陸で船迎えをしてくれ、こまごまとした網の修復作業をしてくれるじいさんばあさんも常に懐は潤っていた。

だが儲かったのは最初だけ。

数年も経つと、急速に進んだ船の大型化に加え、魚群探知機、ソナー、ＧＰＳレーダーに代表される新手の機械類が普及していく。漁師の勘や経験頼みといった泥臭い美徳は死語化され、効率的かつ生産性重視の力技ばかりが幅を利かせるようになる。

　これが過剰漁獲に直結した。捕れすぎることでサケのセリ値はがた落ち、単価は下落の一途を辿った。これに比例するように母川への回帰率も下がっていき、定置網の漁獲量も減っていった。それまで成功を収めていたサケ御殿の連中も慌てて操業計画を立て直そうとしたが、うまくいかず。次々と別の仕事に乗り換えていく。

　定置網の隙間産業のような延縄漁では採算が合わない。漁場もどんどん遠くなる一方で、五トン未満の船では毎日危険と隣り合わせであった。達矢もサケは見込みなし、との思いを強くしていく。


　当時、岩手県産の養殖わかめの水揚げ高は全国で第一位（二〇一三年）。同じ三陸ブランドの宮城県産と合わせれば、全国の収穫量のおよそ七割を占めていた。

　天然アワビも同様。水揚げ高は全国で岩手県が第一位。中でも外海に面している田野畑村産はとくに分厚く、肉質が良く、歩留《ぶど》まりが良いとされ、県内では一～二番目の高値で取引される。活アワビは主に国内市場向けに出荷されるが、乾物に加工させたものは金満中国様々《きんまんちゅうごくさまさま》の富裕層向けに輸出される。漢方料理を好んで食べる中国ならではの医食同源《いしょくどうげん》の考えに基づいたものだが、個人漁師にしてみれば、これほど採算性の良い商売はない。

　寒風吹きすさぶ中、不自由な態勢で海底を覗きながらの長時間労働は足腰に負担を強いるが、家で待つかあちゃんや子どものためならばと誰もがアワビ採りに埋没していく。

アワビ漁の口開け（解禁）は年に五回と決められている。だいたい十一月と十二月の極寒の時期に行われ、口開けのゴーサインは、当日の朝に漁協から一斉通達される。採捕可能なサイズは乱獲を防ぐ目的で殻長《かくちょう》九センチ以上、と県の漁業調整規則で厳しく定められている。

七時から三時間限定の漁。他者との開きがこれほど明確に出る漁はない。

船縁に膝をつけ、前かがみの姿勢で足腰を踏ん張る。右手で手かぎ棒を持ち、箱眼鏡を歯で咥《くわ》える。左手はスラスター（操船装置）を操るための柄を握りつつ、岩礁の上にいるアワビを目視で探し出す。

捕れたアワビは、魚市場を介して仲買人が買い取る。漁師の収入——浜値は一日あたり平均二十〜三十万円。腕のいい漁師は一日で百万円の稼ぎを叩き出すことができた。

しかし、気に入らないことが一つある。この漁は浜の良し悪しで出漁の可否が決定されるため、当日の朝になるまで口開け宣言が発令されるかされないかが不確実なことだ。天候や海の状態が悪く中止になることを「口止め」というが、漁師たちはいつでも海に行けるように、やきもきしつつも心の準備だけはしておかなくてはならない。

アワビ漁は、まさに〈海の小判〉を手中にできる特別な日ではあるが、年間を通した定収入とはならず、あくまでも冬の臨時ボーナスとしての位置付け。

いざ出陣と決まれば、若い世代の漁師は本命の漁を休んでても血眼《ちまなこ》になってアワビ漁に加わるが、年老いた数多《あまた》の漁師たちは、朝〜午前中にアワビ採り、午後からのんびりと本業の漁を行うことが多い。

農業の分野にも二期作や二毛作があるように、季節性のある日本列島の沿岸域では、漁師の半数以上はこのように二種類以上の漁業形態を組み合わせている。この田野畑村も例外ではない。

気分転換になり、ちょいとした小遣い稼ぎにもなるのがウニ漁だ。海が凪《な》いだ日の六〜七月にかけて、年に五回限定の口開けが行われる。採っても良い時間は、朝日が昇り始める朝の五時から七時までの二時間。直径六センチ以上、一人あたり三十キロまで、と漁獲制限がある。

この漁も然《しか》り、成果の七割が漁場選定で決まる。言わずもがなのことだが、幼い時分から伊蔵に叩き込まれている海底の観察眼には誰よりも自信がある。ウニが付きやすい岩塊《がんかい》も知悉《ちしつ》しているつもりだ。

三陸ブランドとして名を馳せているアワビとは違い、ウニはたいした儲けにはならない。殻剥《からむ》きの加工作業も面倒極まりない。採ったとしても、せいぜい自家消費分か、日頃お世話になっているご近所や友人知人に配るスンナ（おすそ分け）程度。自分や家族が食べたいから採る。それだけだ。

達矢が住む地区は、比較的平地のため多くは先祖代々農家で占められる。海の幸をタダで配れば、皆から喜ばれ、それが米になったり野菜になったりして自分のところに戻ってくる。こうした物々交換が当たり前の集落であった。

「サケ以外に別の手段を考えねばならねえ……」

毛ガニ漁のシーズンは十二月～翌三月。四月～十一月は禁漁期となっている。

比較的遠浅な島越沖から毛ガニが生息する漁場に辿り着くには、片道で最低一時間半は必要。水深は百五十メートル以深。遠く沖に出るぶん風波《ふうは》の影響を受けやすく、出戻り（漁場まで行き、漁をしないで帰港すること）するケースが圧倒的に多い。

たとえ出漁できたとしても、思うように捕れない場合、油代が原因で赤字になる。ほかの漁に比べて餌代も高額。単価が高い毛ガニ漁は確かに魅力的だが、本格的に手を染めるには敷居が高すぎる……。

結論。毛ガニはパス。

次は、春の定番のコウナゴ棒受け漁。竿灯《かんとう》を船に付け、六十キロワットのハロゲン電球を海面に照らして待つ。裁縫の目のように目が細かい網を下に敷いておくと、光に集まったコウナゴがその中に入ってくる。そのタイミングでドラム缶のような大きな巻き揚げ機ですくい取る漁法。専門性を要する独特な漁で、毛ガニ以上に多額の投資と人手が必要になる。

結論。今の財力では到底無理。

ならば、ミズダコはどうだ？

腕を伸ばせば全長三メートルにも達する巨大ダコ。北三陸から北海道周辺にかけて分布し、サメをも襲う獰猛《どうもう》な性格で知られている。

一般的に知られるマダコは一年間で一生を終えるが、同じ無脊椎動物でもミズダコは四～五年生きるといわれている。

盛漁期は年に二回。禁漁期はなく、毛ガニの次に単価が高い。

「男が人生をかけてやるには、申し分ねえ相手だべ！」

進むべき道が見えた。


前述したが、北三陸のミズダコ漁は「かご網」と呼ばれる金属製の材質の漁具を用いる。

達矢が子どもの頃は「イサリ」といい、バケとテンヤ（二本針がついた錘《おもり》に餌を巻いた仕掛け）で一匹ずつ釣り上げるか、鉄かごを海に沈めておくだけの簡便な漁具。それでも簡単に捕れていた。

現今に至るかご網漁の原型が完成したのは、約三十年前に遡るといわれ、その時代から漁業形態はほとんど変わっていない。

だが危険な漁だ。かご網を海に投じるとき、太い幹ロープを自分の手足に絡ませて海に落ち、溺死する例があとを絶たない。多くは不注意によるものだ。

かご網を敷設するための幹ロープは、一縄（直径十一ミリ）で二千四百メートル。そこから二十メートルの等間隔で百本の枝ロープ、そこから一ヒロ（人が両腕を広げた距離）伸ばしたところに百個のかご網が結《ゆ》わえ付けられている。

かご網一つで約三・七キロ。それが漁具一式に対して百個程度が数珠つなぎになっているため計三百七十キロ。浮力によっていくらかは軽くなるが、それに優る深海の水圧と重力が加味された質量をラインホーラーのパワーに任せて海面まで巻き揚げ、最後は腕力だけで引っ張り揚げるのだから、一回一回の巻き揚げが体力勝負である。

九十八センチ×六十五センチのかご網は、全ての構成材が赤く塗装されており、船上で積み重ねやすいよう二つに折り畳めるようになっている。

かご網の内部に、サンマやサバの切り身などの寄せ餌を仕込み、臭いに寄って来た魚が上部左右に二カ所あるジョウゴと呼ばれる直径十四センチの開口部から入って来、餌を狙うミズダコが時間差で入り込む、という案配。ジョウゴには漏斗《ろうと》状の返し網があり、中に入った魚やミズダコが外に脱出することは困難だ。

幹ロープの両端には、漁具を海底に沈めておくための錨《いかり》。そこから海面に向かって浮きロープが伸びている。その先端には海上に浮かべておく梵天《ぼんてん》。これが海上での漁具の在処《ありか》を示す目印となる。

かご網を仕掛ける水深は百八十メートルまで。季節や水温によって多少異なるが、激しい潮流によって流されることも考慮に入れ、浮きロープと末端のかご網との距離は約二百メートルずつ余裕を持たせてある。

村の漁師にとって、浜一番の成績を収めることは最高の誉れとされている。

人一倍凝り性の達矢は、いかにすれば効率良く確実にミズダコが捕れるか、徹底的に研究した。僚船《りょうせん》はどんな道具を使っているか。全国津々浦々の漁場ではどのようにタコが捕られているか、タコ漁の歴史、テンヤ引きが生まれたいきさつなどを踏まえ、挑戦と挫折を繰り返していく。

始めた当初、さっぱりタコが捕れないときは、古くなったかご網の錆びた金属臭が原因と思っていたが、それだけではなさそうだ。仲間に訊けば、新品のかご網と古いかご網とを比較すると二倍効果が違うという。

刺し網漁も同様、古い網は極端に魚の入りが悪くなる。

面白いこともわかった。赤色を好むとされるタコの仲間は、白い色にも俄然興味を示すようなのだ。それも水中で鈍色《にびいろ》に輝く白い色。それをバケの代わりに利用したらどうなるか？

発泡スチロールの切れっ端をかご網の内部に仕込み、餌も付けてみた。実際それが絶大なる威力を発揮した。ミズダコの入りが今までとは全然違う――。

加えてかご網を新調した途端、爆発的に水揚げ実績が増えた。

かご網を百、二百と増やしていくと、二トン程度の船には到底収まらない。捕ったミズダコは水槽に一匹ずつスカリ（魚を入れるネット）に入れる。タコ同士が殺し合うのを防ぐためだが、許容量以上を入れてしまうと酸欠になってすぐ死んでしまう。

手狭を感じ始めた達矢は、船を三トンの中古船に買い替え、計器類や装備品を最新式のものに替えた。万全の準備を整えた結果、一気に年間八百万円の漁獲量。沖に出さえすれば大漁間違いなし。行け行けドンドンだ。

いつの間にか達矢は、田野畑村漁協の中でミズタコ部門水揚げトップを張る位置に上りつめていた。

海の異変

財団法人日本交通公社が事務局の「観光資源評価委員会」観光資源評価において、一九九九年、国内の海岸では唯一最高ランクの特A級の格付けを受けた北山崎。その露岩の頂上に魚鷹《うおたか》が巣を作っている。達矢は魚鷹が狩りをするときの姿が大好きであった。

獲物を捕るとき天高く上昇した魚鷹は、海面近くの魚を見つけるやいなや、弾丸のような猛スピードで急降下。海面の標的に向かって脚を前に出した状態で突っこみ一瞬で仕留める。そのダイナミックな狩りの姿に畏敬の念を込め、また縁起の良い八の数字を加え、達矢は自身六艘目となる母船を「第八鷹飛《たかとび》丸」と命名したのだった。

第八鷹飛丸に搭載している機器類は全て最高級品。百メートル下の海底まで映し出す二周波のカラー液晶魚群探知機。自船の航跡やマーク記憶点数、漁場がピンポイントで登録できる大容量カラー液晶GPSプロッター。周囲状況が鮮明に描写できる全周囲型の多機能レーダー……。

達矢が漁を始めた頃、周りの漁師たちは皆、知力と経験を駆使して漁場を決めていたものだ。父の伊蔵も古老の漁師たちも「山当て」という昔ながらの手法で漁場を決定していたし、それでも十分過ぎるほど魚は捕れた。

だが今は大量生産、大量消費の時代。近代化の波に乗って漁具のハイテク化、機械化、船の大型化に心を砕くことこそ大漁への近道であった。だから達矢のみならず周囲の漁師たちも皆、生活の身の丈を越えた設備投資に埋没していく。

借金なんか屁でもなかった。確実に返せる自信があったからだ。

漁獲向上のためには、いかに船のスピードを速くし、ライバルよりも早く好漁場に位置取りできるか。それが成績競争の雌雄を決すると固く信じ、限られた漁場で漁師同士のせめぎ合いが激化していく……。

高校で電子工学を学んでいた達矢は、ミズダコが捕れた漁場の地形、水温、深度などの諸条件を徹底的にデータ化していた。

例えば、GPSに「×月×日」「水温×度」と入力すると、モニター画面には過去にプロットしたデータが瞬時に一覧表示される。それをもとに最新の気象状況や水温などと照合しながら最適な漁場を決定する。PCカード経由でパソコンに転送すれば、翌日の漁場選定の判断も自宅にいながらにして簡単にシミュレーションできる。

伊蔵直伝の自然に対する読みに加え、IT技術の分析手法を巧みに採り入れた達矢は向かうところ敵なしだった。

ところが。二〇〇四年の春頃から始まったとされる海の異変によって歯車が狂い始めた。沖に五マイルも行っただけでマイナスの水温域が存在している。海底水温が急激に低下したためだった。親潮の流れが軟弱で温かい津軽暖流が三陸沖まで差し込んでこない。

試験操業で明々白々になったことだが、間違いなくミズダコの数が減っている。

「岩手県水産技術総合センター」（独立行政法人）の情報を頼ったところ、海の季節が遅れているという。シベリアから北海道の知床半島へ到達する流氷群の到着が遅れ、季節外れの潮流が大量に流れてきているのだった。

「ならば、もっと遠くさ行けばタコがいっぺえいるはずだ」

それでも結果はついてこない。

単純に季節の遅れだけならば、たいした問題ではない。ところが魚類の生態とは不思議なもので、サケでもタコでもタラでもなんでもそうだが、漁期が遅れて良いことはなに一つない。始漁のタイミングが後ろにずれても終漁のタイミングは変わらない。

要するに、漁期が短くなる↓水揚げする回数が減る↓最終的に総水揚げが減る。といった具合。

捕れたタコを見てみると明らかに痩せている。ピンダコが捕れるということは、平年ならば漁期終漁の合図。こんなことは初めてだった。

夏漁を終えても状況は好転せず、鳴かず飛ばずの漁。ミズダコの生息域がさっぱり掴めない。沖出ししたのか、それとも陸のほうにつけているのか。生きているのか死んでいるのか。

今まで積み上げてきたデータベースが当てにならないことで達矢の頭は混乱した。そして今まではけっして行かなかった遥か彼方の漁場まで船を走らせる羽目になる。

翌二〇〇五年、達矢は漁協から融資を受け、新型エンジンを購入。高馬力だけでなく燃費の良さに惹かれた。

毛ガニ漁もやってみたが、捕れるのは痩せ細ったカニばかり。利益は雀の涙だった。

秋。漁協が独立採算で行っている自営事業――大型定置網ではイカやサケ、サバ、メジマグロなどがごっそり捕れるはずなのだが「ありえないほど少ない」と幹部たちが口を揃えて嘆いている。

この状況は田野畑村だけに非《あら》ず。岩手県内で最大の面積を有する宮古市でも多くのサンマ船が赤字に陥り、「今のうちに新しいやりかたの漁業形態を考えなくちゃだめだ」と戦々恐々になっていた。

四方八方で叫ばれているのは、余所《よそ》の市町村ではすでに活発化している六次産業の導入だった。田野畑村の漁師たちは定置網漁に従事する者以外、ほとんどが一人親方でやってきた長い歴史がある。

「今から新規事業を立ち上げるには我々は年を取りすぎている。経費だってもっとかかるべ」

「これまで蓄積してきた時間を考えれば、もったいねえ。そう易々と転向できねえ」

結局はそこに落ち着いてしまって、六次産業化の思惑は露の如く消えていった。

そんな最中、ある古老の漁師がぽつりとこう呟いた。

「海がおかすね。そろそろ津波でも来るんでねえか……」

津波が来る前兆として強い風が吹くという。そして魚たちは異変の前兆を察知し揃って沖に逃げるという。その可能性を今の状況は示唆しているのだ、と古老は熱弁をふるうが、周りの漁師たちは伏し目がちに一蹴する。

しかし、こうも不漁だと「そうかもしんねえな」と表情を曇らせる者が一人だけいた。達矢だった。

――生活のための最低限の魚しか捕らない。

本当はそんなマイペースな漁師になりたかった。父のように昔気質の漁師に。だが、他者との優劣に気が囚《とら》われている今の仕事ぶりは真逆だった。誰よりも稼ぎたい。浜一番の男になりたい。負けたくない。思うようにいかないと忌ま忌ましさばかりが募ってくる……。

日々続くストレスが、達矢の内なるところに、ある変化をもたらしていく。

冬色の季節。三陸の夜は訪れが早い。日照時間は短く、午後の三時には空に斜陽がかかり、四時になれば周囲は真暗闇《まつくらやみ》に包まれる。

最近、どうも体調がおかしい。やる気が起きてこないのだ。

理由は慢性的な睡眠障害だった。

消灯後、うつらうつらと眠りには就くが、夜中の一時か二時、胸苦しくなるような気持ちに襲われ覚醒してしまう。その後も何度か目が覚める。毎晩だ。

体力を使う沖操業を終え、遅い昼飯を食べたあとは強烈な睡魔がやってくるから、午後になってもまともな仕事ができない。

不安に駆られた達矢は、県立一戸病院に車で向かった。むろん断酒して以来酒は一滴も飲んでいないが、かれこれ二十年近く定期通院している。

いつもは整形外科で腰痛（腰部《ようぶ》脊柱管狭窄症《せきちゅうかんきょうさくしょう》と椎間板ヘルニアからくる神経痛）を抑えるためのブロック注射、循環器内科で内臓の検査、と院内を巡るパターン。今回の睡眠障害は精神科でカウンセリングを受け、弱い精神安定剤と睡眠誘導剤を処方してもらうことで落ち着いた。

暮れの季節、思いがけない大漁月が訪れ、ようやく一矢報いたが、この時期独特の小豆色をした冬至ダコを見つめ、達矢はえもいわれぬ不安に駆られていた……。

二〇〇八年の五月。

海べりにハマナスの花が咲き始める頃、試験操業を始める時期が訪れるはずだが、季節外れの大型台風が三陸沖を何度も通過し、海上は大時化となった。

海の状況は、相変わらず表面水温が通年より三度ほど低いまま横滑りに推移している。

潮の流れも不安定。北方から南方に流れる親潮の流れが弱く、南方から北方に流れる黒潮の流れが強い。それが直接的関連性となって塩分濃度が低く魚の餌となるプランクトンの発生量が圧倒的に少ない。

網やロープなどの資材、魚を入れるための発泡スチロールや氷の価格は放物線的に上昇、A重油の値段も高騰。

このあおりをモロに受け、採算が取れなくなった全国の漁師たちは一斉にシュプレヒコールを上げた。

「漁に出なきゃ収入はなし。だけど出たら赤字なんだ！」

「国はうちらを干物にするつもりか！」

「全国イカ釣漁業協議会」は、集魚灯に必要なA重油を満たせなくなったスルメイカ船をボイコットするよう会員に向けて呼びかけ、専業船のべ九百隻が一斉休漁した。

これが呼び水となり、全国の漁協関連団体で構成される「全国漁業協同組合連合会」（全漁連）が示した方針によって、マグロやカツオをはじめとする大半の魚種において、一日限りの一斉休漁が実施された。

後手に回った水産庁は、燃料高騰によって経営環境が悪化している漁業者向けの緊急対策案を発表。省エネ対策を前提として、五人以上の漁業者グループを対象に原則一年、燃料費の増加分の九割を国が補塡《ほてん》する補助制度を新設、漁師の不安解消に乗り出した。

しかし達矢のような個人漁師にとっては論外の施策。

――五人以上の漁業者グループが対象、となっているからだ。

個人漁師たちの細首をさらに締め上げたのは、不景気による個人消費低迷、そして円高。この影響で三陸アワビの市場価格はつるべ落としに下落。国産アワビの約半値で取引される韓国産の養殖ものが大量に輸入され、国内市場を席巻したためだった。中国大陸に出荷され、俗に高級食材と呼ばれる三陸ブランドの乾燥アワビも史上最低の安値になった。


七月。海に面した急峻な崖の割れ目に、ハマユリの花が鮮やかなオレンジ色を添えている。

生前の伊蔵が好きだった花。

八歳のときだ。容赦なく照りつける陽射しに汗びっしょりになっている伊蔵が、それまで浮かべていた険しい表情から急に穏やかな顔つきに一変し、ふと「ハマユリってきれいだなあ」と独り合点するように呟いた。それから長い時間その花を見つめ、

「このユリは、海に向かって咲くんだよ。漁師の無事を見守ってるんだ」

としみじみと語ったことがある。

二〇〇五年に脳卒中で倒れ、言語障害と右半身の麻痺により、ほぼ寝たきりになった母も、この花が大好きだと言う。「こんなきれいな花は、ちゃんと見てあげねばかわいそうだ。せっかくこの世に生まれて咲いているんだから、ゆっくり見てやれ」

なんのてらいもなくそんなことを言っていた母の姿が記憶の中におぼろげに残っている。

このハマユリが咲いている間は、まだミズダコが捕れるはずなのだが、もう当てにならない。この花が咲き終わると、だいたいミズダコのサイズは小さくなっていき、数も減っていく。そして夏のタコ漁が終わる時期と相前後して、ヒラメやヘラガニ（ワタリガニの仲間）などに入れ替わっていくはずなのにだ。

序盤の滑り出しは冴えない漁が続いたが、八月に入ってからの数日間、突然マグマが噴き出したかのごとく爆発的大漁になった。しかし、喜んだのはつかの間に過ぎなかった。

相棒クマ

俺も連れて行け！　とばかりに血気盛んな鳴き声を張り上げている犬は、まだ幼い顔の愛犬クマ。

「ええ、近所迷惑になるから仕方ねえ」

クマのしつこさに根負けした達矢は、仕方なく鷹飛丸に乗せてみることにした。

最初に船の乗りかたの手本を見せてやると、器用に真似をして岸壁からぴょんと船に飛び移るクマ。ところが沖に向かった途端、ゴホゴホと吐瀉《としゃ》。さすがに懲りたろうと思っていたが、翌朝、トラックに乗ろうとすると再び吠えまくり、足元に絡まってくる。

「やかましいッ」

クマはひるまない。漁網ロープに繋がれながらひたすらジャンプを繰り返し、尾を引く声で鳴きわめく。

「近所迷惑って言ったべ！」

必死にじゃれついてくるクマ。

「……また吐いても知らねえぞッ」

大きく口を開け、せわしなく尻尾を振っているクマ。

「困った奴だなあ……」

再びクマを連れて海へ。幾たびかそれを繰り返しているうち、乾いた大地が水を吸収するように、船の揺れを苦手としなくなった。〈ウサギが飛ぶ〉ほど荒れた海上で、デッキの上が大きく傾くほど揺さぶられても平然と構えている。それどころか踊るように跳ね回りながら、ときおり餌を盗もうと飛来してくるカモメを一丁前に歯を剥きながら追っ払っている。

試しに、まだピチピチと動いているヒラメを与えてやると、最初こそ怖がって逃げ回っていたが、やがて落ち着き、上手に前脚で押さえながら内臓からくわえ込んでいく。食いしん坊のくせにタコにはけっして手を出さない。

「おまえ、素質あるなあ」

こうしてクマは、愛犬から相棒になった。

海の神が微笑んだのは、それから間もなく。

極寒の北風が吹き、雪がちらついてきた十一月に入ってから急に海の状態が良くなったのだ。水温は十四度前後でベストに近い。周囲のサケ延縄《はえなわ》漁師が不漁にあえぐ中、今年一番の大漁だ。

「やったぞ、ついに当だった！」

アドレナリンが沸騰する。

達矢は長い時間、デッキに座り込んだままオイオイとむせび泣いた。

大漁日はそれからも続いた――。

帰港する途中、北山崎へ向かう観光船とすれ違う。漁船の舳先に仁王立ちしている白い犬が珍しいのか、何人かの観光客がこちらに向かって盛んにカメラのシャッターを押している。

「どうだい。俺たちもちょっとした観光資源じゃないか!」

クマも得意満面の顔で立ち上がり、背伸びのポーズを決めている。

「やっぱり海は裏切らねえな!」

カモメの群れが追いかけてくる。

「気分爽快。気持ちいいなあ!」

二〇〇九年。年の初めから次々に低気圧が押し寄せたことから連日の時化休みが続いた。

当初、今年はどうなることやらと案じていたが、平年であれば操業切り上げになるはずの二月に入ってからも、良型のミズダコは捕れ続けた。

水温も高いままを維持。気象台の発表によると、北海道網走市に流氷が接岸したのは統計開始以来二番目の遅さだという し、これも地球温暖化現象の現れか……。

オホーツクからやってくる栄養豊富な流氷が親潮と混ざり合うことで、北海道から宮城県の海の生態系に多大な影響を及ぼしていることは前述したとおり。今回のように流氷の接岸時期が後ろにずれ込むということは、生態系の最下部に位置するプランクトン、それを餌とするオキアミ（イサダ）、その後の食物連鎖によって浮魚《うきうお》や底魚《そこうお》、もちろんミズダコの成長にもなんらかの影響を及ぼすことは想像に難くない。事実、流氷が遅く到着した二〇〇四年、春漁も夏漁も全滅だったのだから。

だが、その心配は杞憂に終わる。

エチゼンクラゲの大発生の影響をモロに受けた格好の大型定置網のサケ漁は苦戦を続けているが、それを尻目に春から夏のミズダコ漁は後半盛り返した前年以上の記録的大漁に湧いた。

鷹飛丸の狭い水槽にはとてもじゃないが入りきらない。デッキ上には、それこそ足の踏み場もないほどミズダコの入ったスカリがひしめき合い、その総重量たるやもの凄く、船全体が海面にめり込むほどだ。

帰港するまで散水ポンプの水は出しっぱなし。いかに生命力の強いミズダコといえども、鮮度を保つためには急いで魚市場に水揚げしなければならない。

満船の場合、タコ専門の業者が大勢集まり、高い値段で買い取ってくれる宮古の魚市場に水揚げするほうが得策だ。いったん島越漁港に戻って軽トラックに移し替え、そこから陸路で向かうか、急ぐときは船に乗せたまま海路で直接運びこむのが常套手段。

午後四時の閉場時間に間に合うように向かう途中、三陸海岸を代表する景勝地の一つ、浄土《じょうど》ケ浜《がはま》が右手に見える。

後方から真新しい色をした流線型のモーターボートが激しい水飛沫をまき散らして急接近してくる。茶髪の若者ら数名。海ではたまにこういう輩に出会う。

ちらりと腕時計を見ると、四時前ぎりぎり。

「こりゃいかん。おまえらとちんたら遊んでいる暇はねえ！」

五百二十馬力エンジンを高回転させると、ターボチャージャー独特の甲高い音を軽快に奏で始め、舳先がぼっと浮き上がる。

モーターボートは必死に食らいつこうとするが、本気になった鷹飛丸には歯が立たない。凄まじい圧の引き波によって木の葉のように左右にとっちらかっている。

宮古漁港に着き、荷さばき場前の岸壁に船を横付けしていると、興味津々《きょうみしんしん》の眼差しでさっきの連中が寄ってくる。

「なんだべ、この船、いったい何馬力ついてるんだ？」

「この煙突の太さ見ろ。ハンパねえ」

「おい、タコだけじゃねえ。犬まで乗ってら」

次々とクレーンで吊り上げられていくミズダコの巨大な肉塊を見上げながら、さっきまでの目つきの悪さはどこへやら、子どものように興味津々な眼を白黒させているのであった。

六月になり梅雨の季節に入ると、北日本の太平洋側とくに三陸地方には低温の偏西風が吹く。ヤマセと呼ばれ、濃密な霧がかかって視界が閉ざされる自然現象だ。ＧＰＳとレーダーだけが頼りの航行になるため海難事故が毎年多発する時期となる。

海のうねりが続き、海水温度も下がり、タコが嫌う低水温、低塩分の海水も、真潮《ましお》（沿岸域で北方から南方に流れる潮流）に乗って北三陸に流れて来る。プランクトンの死骸をふんだんに含み、栄養豊富なこの海流は、わかめや昆布の生育には適しているものの、ミズダコ漁には適さない。

「この水が抜けてくれねば話になんねえな……」

……しかし、四年もの間不漁が続いたのにもかかわらず、どうして急に捕れ始めたのだろうか？　暖冬の影響で春先の水温が高かったことが大きな要因だが、果たしてそれだけだろうか？

その心配を余所《よそ》に、六月になっても好漁は続いた。ハマユリが咲く七月に入っても漁獲量は衰えを見せず、この時点ですでに昨年の一年分を稼ぎ出したことになる。

この勢いはミズダコのみならず、いつもよりも一ヶ月前倒しで始まったイカ漁船も連日の好漁。早くもイカ漁船の連中は「今年は一億を越えてやるべし」などと息巻いている。聞くところによると、マダコ漁が盛んな兵庫県明石市でも豊漁に沸いており、七月上旬～八月中旬がピークの漁獲量は平年比の二倍だという。

そして八月。ついに水揚げ実績は新記録を達成。絶好調の夏漁を終えた。

偶然の産物か。海の神のいたずらか。今後も豊漁が続くのか。今までの経験則上、大漁のあとは不漁、不漁のあとは大漁。これが自然の摂理だ。

原因が掴めぬまま、うまくことが運び過ぎているからこそ、かえって気味が悪いのだ。

「――とにかく今は目の前のやるべきことをやるだけだ」

達矢は頭を振って不安を打ち消した。そして家の東側すぐ隣に新築した作業小屋にこもり、来る秋漁に向けて網の修理や道具作りに励んだ。


そんな折、フジテレビ系列『岩手めんこいテレビ』の「きょうのわんこ」という動物コーナーを担当しているディレクターから一本の電話が入った。

年に三回行われる十二分枠のスペシャル版の企画を詰める編集会議の席で、アシスタントの一人から「漁師さんと一緒に船に乗る犬がいたらおもしろい」という発案をきっかけにリサーチが始まり、達矢とクマを知ったという。

撮影期間は四日間。あいにくと休漁時期に入っていたためテレビクルーが来たときは数匹のピンダコしか捕れなかったが、全国放送の影響たるや凄まじいもので、放送終了後、反響の電話がじゃんじゃんかかってきた。県外在住の見知らぬ愛犬家までが「クマちゃんをこの目で見たい」と、わざわざ田野畑村まで訪ねて来る始末。

一躍、ときの人ならぬときの犬である。

この余勢を駆って十月末から秋漁を開始したところ、のっけから大漁に継ぐ大漁。捕れすぎて単価が低すぎる、と贅沢過ぎる愚痴がこぼれるほど。そして「きょうのわんこ」の放送日から幾ばくも経っていない十一月二十四日。

思いもしないことが我が身に降りかかる。

事故（好事魔《こうじま》）

この日、鷹飛丸は早朝三時に出港。

連日にわたって満船が続いており、睡眠時間は平均三～四時間……。疲労はピークを越え、クマを沖に連れて行く余裕すらない状態であった。

九時十五分、岸から二十マイル沖。普代《ふだい》村と田野畑村の境界線にある大峰山が初冠雪をまとっている。潮流計は二・五ノットを示している……。

達矢は、妻が握ってくれた特大握り飯で小腹を満たしたあと、ゆっくりとかご網を海に投下し始めた……。

かご網を打つときは、幹ロープが斜めに落ちていくように船を微速前進させていく。真っ直ぐに打ってしまうと、潮流が変わったときにスクリューに絡まってしまうことを防ぐためだ。

安全操業については、人の二倍も三倍も慎重を期すよう肝に銘じていたつもりだった。

睡眠障害を抱えながらも大漁が続いたことで、緊張の糸がほぐれたのかもしれない。

〈船の底板一枚隔てた下は地獄〉というほど危険と隣り合わせの仕事場。しかし、どうした弾みでそうなってしまったのか、今でもよく覚えていない——好事魔多し。

虚を突かれ、足がもつれた。

たたらを踏んだその瞬間、グン！　と大きな力で引っ張られ、デッキにもんどりうって転倒した。

海中に没していく幹ロープが白いゴム長靴にぐいぐいと絡みついていく様が視界に入った。

やっちまった！　と思ったのは数秒後。

船は勝手に前へ前へと進んでいく。びんびんに張り詰めた幹ロープが、凄まじい重みを伴って左足の足首一本に集中する。自分の足が別の生き物のように激しく顫動《せんどう》している。

「ぐはあ！」

船の中央部に引っかけている自動操舵リモコンは、かご網を敷設する際、デッキの前方まで伸ばして台の上に置いてある。ロープが船縁に絡まることがあれば、即座に船足を止めることができるようにだ。

だが、そのリモコンに手が届かない。頭で考えるより先に両手が泳ぎ、船縁に食らいついた。

剛力にまかせながらも脳内は冷静だった。

このまま思い切って海に飛び込めば、落ちた衝撃でロープが外れるかもしれない、と一瞬過《よぎ》った。

しかし、そうやって何人も死んでいる……。すんでのところで思いとどまった。

一メートル先にある包丁が眼に入った――。

それを掴もうとすると、船縁を持つ手が片腕になってしまう。

無理だ。あっという間に吹っ飛ばされてしまうだろう。落ちたら一巻の終わりだ。

「ぎゃあああ」

達矢はちぎれんばかりのわめき声を上げながら、満身の力を爪先に込める。

「クマ、助けてくれえ！」

相棒は船にいない……。

じわじわと魔物のような力で海に引き摺られながら、腕が痺れていく。船縁から沈んでいき、体の半分が海水に浸かった。頭から潮水を被りながら抵抗が弱まっていく。足先が海の底を向いているのが感覚でわかる。

「頼む、外れてけろ！」

意識が遠のいていく。仄暗い淵のようなものが見える。どれくらいそうしていただろうか。足首がゴムのように伸びきったいやな感触がして、ついにお陀仏かと観念したとき、バチーン！という炸裂音が聞こえた。

糸の切れた凧のごとくゴム長靴が何処かへ飛んでいき、弾かれた縄くずが四方に散っていった。

最後は火事場のくそ力。水の抵抗を失った足を達矢は滅茶苦茶に動かした。夢中で掴み直した船縁から、せーのとふんばって、デッキに身を躍らせる。

心臓が激しい動悸を打っている……。

足がえぐれ、目の前をどくどくと流れている鮮紅色《せんこうしょく》の波が見えたとき、くらくらと意識が遠のいた。

……おそらく五分くらい記憶が飛んでいたはずだ。激痛に正気を取り戻し、そこはかとなく海面を見やると、遠くのほうにゴム長靴がプカプカと浮沈している。

「あの中に俺の足首から下が入っているのか？」

あのまま沈ませてなるものか。回収さえすれば繋ぐことができるかもしれない。

達矢は這いつくばりながら、自動操舵リモコンを抱きかかえ、ようやく船足を止めた。

慎重に船を動かし、タモでゴム長靴を掬い上げようとしたとき、またしても意識が混濁した。

精根尽き果て崩れそうになったとき、破れたゴムガッパがずれ落ち、その隙間から足先の靴下がちらり見えた。

「あ、くっついてる！」

足首より先はペランペランの皮一枚で繋がっているが、紫色をした皮膚から白い骨が飛び出している。思わず吐きそうになった。

冷静に、冷静に、と己れに言い聞かせながら、足首に手を当ててみたが、まるで感覚がない。

指の数を数えた。五本ちゃんとある。

「無線を打たなくちゃ……」

無線機がある操舵室まで這っていく気力体力はすでに使い果たしている。放心状態のまま胸ポケットの中を探ると、防水型の携帯電話が入っている。小刻みに震える手を抑えながら、漁協に繫がる番号のボタンを押すとすぐに繫がった。

「……足、骨折したんです。港に救急車を呼んでください」

「な？　たっちゃん！　どこさいた？　すぐに助け船出すからな！　待ってろ！」

「……や、自分の船で戻っていくから大丈夫です」

「無茶だべ！　どこだ？」

「いいから、船を横付けするところだけ確保してください」

達矢は言い終わると、デッキ上に残っている漁網の残骸を拾い、中央のマストに胴体をぐるぐるに巻き付け、自動操舵リモコンで操船しながら、四十分かけて自力で帰港。岸壁で待ち構えていた救急車によって久慈病院の救命救急センターに搬送された。

「うわあ。これはひどい。切断するしかない」

出迎えた看護師が大袈裟に顔をしかめて断じる。

人ごとだと思ってなに言ってやがる。そう思うと、つい語気が荒くなった。

「いいから繫げてくれ！」とストレッチャーで運ばれながら詰め寄ると、「いやしかし」と、しどろもどろの看護師。

「しかしもへったくれもねえ！　だめだだめだ！　ほれ、せっかくついてるんだぞ！」

ＣＴの結果は難治性《なんじせい》骨折。そのまま緊急手術が行われ、複雑骨折している左足首はかろうじて縫合された。

押っ取り刀で駆けつけた妻の唇は蒼白になっている。執刀した医師から淡々と術後の説明がなされたが、細菌感染が起きやすい骨折とのこと。かかとを牽引されたまま病床に括り付けられ、絶対安静が告げられた。

猛烈に傷口が痛いのはさることながら、寝返りすら打てない状態だから、なによりもかによりも腰が痛い。

翌週、八センチのボルトとチタンプレートで骨を補強する目的で二度目の手術が行われた。

……四人部屋。夜中の一時過ぎ、窓側の病床であぐらをかいている年老いた老人が、天井に向かって大声でわめく。

同室にいるほかの患者は耳が遠いのだろうか、「かあへえかあへえ」と生暖かな寝息を立てている。

……眠れない。

指折り数えて、羊が一匹、羊が二匹、羊が三匹しても眠れない。タコが一匹、タコが二匹、タコが三匹してしまうと逆効果。

アイマスク、耳栓、イヤホン。あらん限りに窮余《きゅうよ》の策を講じてみても効き目はない。老人の叫びは連日、明け方まで続いた。

それから五日後。小太りの婦長を拝み倒し、ようやっと静かな面子が揃う病室に移動が叶《かな》った。

……それでも眠れない。以前にも増して睡眠障害がひどくなっているようだった。

執刀医曰く、骨折の状態が複雑極まりなく、靭帯《じんたい》が四本断裂しているほか神経損傷もあり、さらに三度目の手術が必要とのこと……。唖然呆然の達矢。

患部を触ってみると、包帯で覆われた足首が風船のように膨れあがっている。血管が切れたまま壊死《えし》が始まっているのだった。

手術は三時間。

……骨が完全につくまでには二年かかるという。その間はもちろん沖での操業は不可能。つまり収入もゼロ。郵便局のかんぽ、民間会社の生命保険と損保保険、漁協共済保険、船主賠償損害保険の五つの保険に入っているが……。事故する前、自宅の隣に建てた作業小屋の借金もある。

最初の手術から三週間が経った頃……。

今までとは違う幻覚に襲われるようになった。夜ふとした拍子に事故と相前後した記憶がリアルな映像となって現れるのだ。

夢枕のフラッシュバックは腹痛、頭痛、吐き気を伴い、毎晩のように訪れる。翌朝、悪夢から覚めると全身に大量の汗が噴き出ている。

これは俗にいうＰＴＳＤ（心外的傷後ストレス障害）ではないのか？

（間違いねえ。これはＰＴＳＤだ。精神科のある別の病院に移ったほうがいいんでねえか）

一戸病院は、骨折の治療と精神病の治療を並行して行える整形外科と精神科を両方備えている。そう考えた達矢は、かかりつけ医のいるところに転院したい旨を病院側に伝え、了承された。

……やがて北西の風が吹き、ちらちらと雪が舞い始める季節になった。

本格的なリハビリを開始してから外泊許可を得、久々の帰還となった元日、クマとも久しぶりの再会。

事情を知らないクマは雪上で遊びたくてたまらないらしく、達矢の自室がある二階を見上げたまま、懇願するときのしおらしい声で鳴き叫ぶ。達矢は白む窓を開け、

「クマ、悪いけどまだ散歩はいけねえんだ。しっかり治して、また海へ連れていってやるからな」

無下に突き放したつもりは毛頭ないが、がっくりと頭を垂れ、横穴式住居にすごすごと戻っていくクマ。

そう。いつからそうなったのかは判然としないが、先代の犬が使っていた古い犬小屋は窮屈でお気に召さないのか、家の後ろにある雑木林の斜面を前脚で掘削し、クマはそこをねぐらにして

いる。さすがは牧草地で半野生化した犬の子……。と妙なところで感心しながら窓枠の向こうに視線を移すと、辺りは美しい銀世界に覆われている。

達矢は松葉杖に手を伸ばし、よっこらしょと立ち上がった。この日、妻が運転する車で母の見舞いに行く約束をしていたのだった。

実家。兄から聞いていたとおり、母の衰弱は進んでいたものの、互いの顔を見合わせた途端、破顔一笑しながら半身を起こし這いずってくる。

「よく来てくれたなあ。足の怪我は良くなっているか？」

事故のことは兄から聞いていたのだろう。母はたどたどしいながら、案外はっきりとした口調で、開口一番そう言った。

達矢は松葉杖を高々と持ち上げ、「ほら、今、治療中だから必ず良くなるよ」と戯《おど》けて言う。「大事にして、しっかり治せよ」母はにっこりと表情を緩めた。

それから一緒にイチゴを食べた。薄日《うすれび》を浴びながら母は実に美味そうに一口、二口、と噛《か》みしめるように頬張った。

皿の上を全部たいらげると母は再び枕に頭を埋め、「眠てえなあ……」と言って眼を閉じた。それは実に柔和な顔であった。

「かあやん、また来るよ」

昔より強張《こわば》ってしまった母の頬に触れた。そのとき感じた温もりが、それから五時間程度で失われてしまうとは。

海が紅に燃える頃の夕方五時。兄から電話があった。

「おふくろの様子がおかしい。すぐ来い！」

急いで実家に舞い戻ったときは、すでに村の消防職員が現場に到着している。亡骸《なきがら》の前で跪《ひざまず》き頭《こうべ》を垂れている兄がうるみを帯びた声で、「心肺停止状態だそうだ。寝たままことされたらしい」と言ってから辺りを憚《はばか》らない声で泣き崩れた。

「かあやん！」

達矢は冷たくなった母の手首を握りしめた。


ところどころ残氷が残りつつも、ようやく春めいてきた北三陸。

昨年秋に落葉している樹林の葉は年をまたいで腐葉土になり、その隙間から春の使者、フキノトウが顔を覗かせている。

達矢は、松葉杖を外しての自力歩行が主治医から許可され、足首を補強する装具を付けながら、神経と血管をつなげるためのリハビリに励む毎日を送っている。

体力の持ち直しを図るため、そぞろ歩きながら階段の昇り歩きを一日二十五往復、己れに課した。リハビリ担当の理学療法士が、「吉村さん。驚異的な回復力です。相当努力しているでしょ？」と目をぱちくりさせている。

薬の量も入院当初から比べると半分に減った。薦められるがままPTSD治療のための新薬の処方も承諾した。

このまま順調にことが進めば、漁師復活も遠い日ではないはず。達矢はそう信じ切っていた。然《さ》りとて傷口のむくみは一向に引く様子がない……。むしろ悪化しているようで、就寝前の刻《とき》になると傷口からズキンズキンと猛烈な痛みが押し寄せる。

不安は的中した。二週間おきに施される整形外科のレントゲン検査によって、新しい骨が育っていない事実が判明したのであった。

事故当時、幹ロープで引きちぎられて骨が砕け散ったところは、チタンプレートと九個のボルトで固定されている。このままにしておくと患部に集中して負荷がかかった場合、プレートが折れてしまうことがままあるという。そうなってしまうと最初から手術のやり直し、ということだ。

達矢は憤った――ことを荒立てたくはないが、どうにも合点がゆかぬ。

「手術は最初から成功していなかったんじゃないか?」

抑えがたいその思いが発酵してくるが、余計な口出しをしてもどうにもならぬ。第一、病院側の機嫌を損ねたくはない。

そんな達矢の疑心暗鬼を知ってか知らずか、涼げな顔の主治医が別の新しい治療法を薦めてくれる。

仰々しく見せられたのは、微力の超音波を患部に当てて刺激し、骨の発育促進を促す効果がある超音波骨折治療器という電子機器だった。

この最新式の医療機器のレンタル費は二十万円。うち三割は保険が利くという。無収入。さらに漁協からの借金を抱えている達矢にとっては痛すぎる出費だった。

「吉村さん。これはメジャーリーグの松井秀喜《まついひでき》選手が治療に使っていたマシンで、早期に治った実績があります。試す価値はあると思いますよ」

主治医はうやうやしげに言った。

「超音波ということは、魚を見つける魚群探知機やソナーの振動子と同じようなモンですかね?」

「よくわかんないけど、そんな感じです。一日に四十分、超音波を当てていくと二ヶ月後には効果が現れます。痛みも伴いません」

「二ヶ月後? もし、それをしなかったら?」

「状況が改善するか、しないか、ですか? それはなんとも言えません」

「こうなってしまう前に、なんでもっと早くこの機械を導入しなかったのですか?」

と不満の一つを口に出してやると、かの主治医は目を激しくしばたたせながら、

「ま、少しは、出てくる萌《きざ》しがあったので、やらないより、やったほうがいいと思いますが」

と言いよどむ。

「いやいや、いい加減なこと、言わないでくださいよ!」

つい前のめりの言葉になるが、それ以上は喉奥に押し戻す。

とどのつまり、達矢は主治医の提案を受け入れて超音波骨折治療器による治療を始めたのだが、再び難しい局面に立たされてしまう。

数日後、主治医が深刻な面持ちで達矢の病室にやってきて、慇懃《いんぎん》にこう告げた。ことは緊急を要しますという事情がちゃんと顔に書いてある。

「吉村さん、いやはや、恐れていた最悪の事態になりました……」

「？」

嫌な予感がする……。

「レントゲン撮影したらですね、骨を支えていたプレートが金属疲労のために折れて、二センチ平行にずれちゃっている。いうなれば二枚重ねになった状態です」

「……ということは？」

「骨そのものには異常ありませんが、筋が手術時に癒着してそれが伸びてしまっています。手術のやり直し、しかありません」

「ま、待ってくださいよ」

そんな殺生《せっしょう》な。その場で新たに告げられた病名は左《ひだり》腓《ひ》骨骨《こつこつ》癒合後《ゆごうご》偽《ぎ》関節《かんせつ》。四度目となる手術は、全身麻酔で行う骨折観血的手術《こっせつかんけつてきしゅじゅつ》。

主治医曰く、左足首を再び切開し、折れたプレートを全て取り除き、骨の隙間に腸骨を一部採取して移植。今埋められているプレートの倍の強度を持つ新しいプレートとボルトを入れ、鋼線で固定するという。成功と仮定しても漁師復帰できる予定は早くて秋以降らしい。

もはや居ても立っても居られない達矢は、青森との県境にあり二〇〇四年に移転新築した県立二戸病院（旧県立福岡病院）に転院したい希望を主治医に申し出た。

病室のベッドが空くまで暫時《ざんじ》自宅で療養することになった達矢は、九月には漁師復帰する目論見で、鷹飛丸にかけている漁船保険を一時的に休船扱いにするよう漁協に申請。

……二戸病院での手術は無事成功した。

術後、三階にある整形外科病棟の一般病室に移され、翌朝意識が回復してから足を見やると、すでにギブスが外されている。

執刀した医師曰く、これからはギブスに頼らず骨にあえて負荷をかけることで、より積極的に骨をくっつける術式に方針変更したとのこと。

達矢は、翌日から自力で起き上がるようになり、抜糸の一週間後には本格的なリハビリを開始。だが夜になれば痛みで何回も目が覚めてしまう。点滴や座薬投与で痛みを封じようと試みるが、たいした効果は現れない。

……気晴らしも兼ね、院内の購買コーナーへ。地元新聞を読み進めていくと【カツオ漁が本格化　入荷増で安い！　築地市場】の記事が目に止まった。今年は南の海から北上する上りガツオの水揚げが好調で、不漁続きの昨年とは対照的だという。
「カツオ漁かあ……懐かしいなあ」
ミズダコ漁を始める前、八丈島でカツオやマグロを捕って稼いでいた時代を達矢は思い返していた。

――インターネットが一般家庭に普及して間もない時代、流行のメーリングリスト機能を使い、漁師間で情報交換するためのコミュニティを立ち上げたことがある……。

全国の漁師同士が互いのノウハウを共有し、技術交流をしようという目途だった。パソコンすら満足に使えない漁師が多い中、それでも北は北海道宗谷、南は沖永良部島《おきのえらぶ》に至るまで、のべ二十人の情報共有の場ができあがった。

「三月から四月にできる、いい仕事はないかしら？」

こうメンバーに尋ねたところ、二〇〇〇年の噴火以降、数多くの漁師が三宅島から八丈島に避難しており、残された中古漁船を使って細々ながら漁を続けているという回答が返ってきた。

妙案だ、達矢は思った。南方に位置する八丈島産のカツオは本州で初ガツオが捕れる時期よりも一足早く捕ることができる。従って希少価値が高い。

八丈島ガツオの最盛期は三月初め～四月中旬。三百六十度海に囲まれ漁場が近く、日帰りも可能な漁だ。おまけにミズダコ漁と漁期がかぶらない。

すぐに達矢は行動を開始した。

……北三陸の海が荒れる冬の三月。二ヶ月間の予定で達矢は東京の竹芝桟橋からの東海汽船フェリーで島に渡った。達矢にとって初となる出稼ぎだった。

八丈島のカツオ漁は、複数の釣り竿を船の一番後ろに立てケンケンと呼ばれる疑似餌を使う曳き縄漁だ。トモに置いている中央の竿は主にマグロ狙い。その両脇に立てる四本の竿はカツオを狙う。船はひたすらナブラ（鳥山）を追いかけ、潜行板の在処《ありか》を目印にしながらケンケンに食いついてくるのを待つ。

達矢にとっては未経験の漁。ところが実際やってみたら豊漁に次ぐ豊漁。魚の活性が高いときはカツオが自ら船尾にこびりついてくるほどだ。

一日で二百五十マイル余走って二ヶ月で四十日の操業。ここの相場では三キロ捕ると一万円の稼ぎ。それが一日一トン以上は当たり前だからたまらない。そのペースを維持したまま釣って釣って釣りまくった。

最高記録では一日でカツオ十五トン、マグロ三トン。

ところが翌年になると風向きが変わった。

始めた当初は高値で取引される大きなサイズで占められていたのだが、みるみるうちに小さくなったのだ。

黒潮の蛇行や温暖化の影響によるものと噂されたが、この状況に追い打ちをかけたのは、四月の二十日頃から解禁になる旋網漁《まきあみ》。国から至れり尽くせりの補助金を受けている大型船団による新しい漁法がここでも勢力を広げていたのだった。

旋網漁が開始された途端、達矢ら小型漁船の漁師が必死の思いで見つけた魚群は瞬く間にちりぢりばらばら。これに比例するように単価も急降下。彼らが去ったあとの海は、文字どおりペンペン草も生えない海の砂漠となった。

達矢は八丈島から撤退した……。


——北三陸地方では桜と梅はほぼ同時に咲く。病室の窓枠の向こうには、薄桃色の花と紅色の花が競うように咲いている。

穏やかな春の季節がやってきた頃、ようやく達矢は新たな局面を迎えつつあった。待ちに待った退院許可が下されたのだ。といいながら、たんに自宅療養に切り替えられただけのことであり、超音波骨折治療器はこれからも使い続けるよう、担当医から言い渡されている。

妻が運転する車の助手席に乗り、崖道に揺られながら窓の外の景色を見やる。どこまでも続く大海原。可憐に咲き誇る草花。新緑をまといながら生い茂る樹林。なにもかもが愛おしかった。

主の帰還を予知していたかのように、電柱に繋がれているクマが後ろ脚立ちになり、前脚で宙を引っ掻き回している。

「クマ、いい子にしていたか？」

瞳を輝かせるクマ。勢い余ってたたらを踏みつつ、みぞおちに猛烈なタックルを食らわせてくる。

「うぇっ」

元気いっぱいのクマをもてあまし気味の達矢。

「悪いけど、ちょっと休ませてくれよ。くったくたなんだ」

そう泣きを入れると、クマはおとなしく横穴式住居に戻っていった。

二階の自室で仮眠をとろうとしたが、外から聞こえるけたたましい雄叫びは一時たりとも止まない。かまって欲しいとき、遊んで欲しいとき、クマはいつもこんな声で鳴く。

「リハビリがてら、散歩に連れて行ってやるか」

松葉杖を片手に持ち、達矢は階下に降りた。

近くに村営のキャンプ場がある。

芝生の中に足を踏み入れると、薄紅色をしたシロバナシャクナゲが群れ咲いている。通常、標高千五百メートル以上の高地に自生するといわれているが、本州では唯一、田野畑村の海辺だけに自生している理由から、村のシンボルとなっている。

「なんか、今年の花はクマのようにふんわりしてねえなぁ。まばらでつぼみの大きさにばらつきがあるだろう？」

クマは花の愛らしさにも切なさにも興味がないのか、どこ吹く風の表情を浮かべ、トットッと軽快なスキップを刻む。

クマが鼻をぴくつかせた。しきりに芝生の隙間にある石の真下に顔を突っ込んでいる。そこにいたのは、とぐろを巻いたアオダイショウ。興奮の極みに達したクマは噛みつかんばかりの勢いで突進また突進を繰り返す。

「こら！　止めんか！」

松葉杖を振り上げ、わざといかめしい顔をしても、まったく効き目がない。かれこれ半年以上海の仕事をしておらず、運動不足気味のクマはストレスを発散させたくてたまらないのだ。ぐい、とロープを軽めに引っ張り、少し離れた木立にクマを結び付けると、キューン……としょぼくれた声を発し、あごを反らしながら上目遣いの視線。あまりのいじらしさに、ふと幼き日の自分が重なった。


（そういえば、船の上でうっかりヘビと言ったら、こっぴどく親父に叱られたっけ）


すでに伊蔵は一九九四年に肺がんで他界していた。

「クマ、久しぶりに浜を歩くかあ」

それから波打ち際をゆっくりとした歩調で歩いた。多年草ハマボウフウの若葉が潮風にそよいでいる。

永久《とこしえ》のさざ波に向かい、しばし達矢は瞑目《めいもく》、両親と過ごした懐かしい記憶に思いを馳せる。

そうだ……死んだ親父とかあやんの墓に花と線香を持って行こう……。

二人が眠る墓石は漁港の真上、見晴らしの良い斜面にこぢんまりと建っている。無事退院できたことの報告、そして漁師復帰が叶えられるようお願いしよう。

「クマも付き合ってくれっか？」

振り仰いだクマは、さきほどの暴れぶりはどこへやら、赤ん坊のように純真無垢な表情を浮かべ、達矢の顔を擦り上げるように何度も舌で舐め上げた。

手術の繰り返し

七月。ラニーニャ現象により、日本近海には太平洋高気圧の勢力が衰えず、異常なまでの猛暑が続いている。

この年初のウニ漁が口開けになり、周りの漁師たちは一斉にサッパ船で出港、次々に沖へと繰り出していく……。

達矢は逡巡していた。

リハビリも兼ねてやってみるべきか。漁師復帰の日に備える意味においても、今できうる範囲でやっておくべきではないか。

肝心の体力が持つか皆目見当がつかない。実際に沖に出たとき平常心を保てるだろうか？　事故の悪夢が突然ぶり返し、パニックに陥りやしないか？

試しに、「ウニ漁に行ってみようと思っているんだけど……」となにげなく妻に相談してみると、

「なに言ってるの！　これまでの治療が無駄になっちゃうわよ！　もしもプレートを折ってしま

ったら、また初めからやり直しになるでしょ！」

と猛反駁《はんばく》されてしまった。ウニ漁は断念。

しかし、やるべきことは山積している。うだつの上がらない状態のまま毎日座しているわけにはいかない。漁具やかご網の修理だって片付けなくてはならない。

「操業できないってことは収入がゼロってことだしな……。あせりは禁物だが……」

夕方の五時。網つくろいを切り上げ、達矢はホテル羅賀荘に向かう。三階にある大浴場。達矢は大の風呂好きなのだ。腰を曲げての長時間作業……。持病の腰痛も風呂に浸かればずいぶん楽になるし、体の疲れを癒やすにはこれが一番なのだ。

田野畑村が筆頭株主の第三セクター「陸中たのはた」が経営する地上十階建ての同ホテルは、自主財源が乏しく過疎化と高齢化が進みつつある田野畑村では希有な存在となっており、七年連続黒字経営。

東日本の太平洋側の名だたるホテルの中でも抜群の集客率を誇り、連日のように県外から訪れる大型マイクロバスが数珠つなぎでやってくるものだから、客室は常に満室。

達矢がここを贔屓《ひいき》にしている特別な理由がある。村にとって納税者となる村民は間接的な株主となるわけで、株主優待券を利用すれば一般料金よりも安い値段で大風呂に浸かれるのだ。

眼下に広がる風景画のような眺望を見つめつつ、達矢は複雑な思いを抱えていた……。

――数日前、術後の経過観察から悲観的な状況が告げられていたからだ。骨折した部位をレントゲン撮影したところ、骨の成長がほとんど見られないという。

……整形外科の診察室。主治医は物々しげな顔をしながら細腕を胸の前で交差している。彼は、

「ここまで骨融合が進みにくい症例は経験ありません。事故の際、足が粉砕状態で開放骨折しているため、細菌混入しやすいんです。悪い細菌が今以上に増えてしまうと再手術するのが賢明な選択です。今埋め込んでいるプレートやボルトの異物を取り除き、細菌を撲滅してから新しいプレートを埋めるやり直し手術が必要です」

と言った。

「なんですって」

達矢は愕然とした。

「この前に私がやった手術は完璧だったんですが……」

「うーん」

どうにもこうにも釈然としない。

「手術のとき、細菌が入ったことで骨がくっつかないってことですか?」

主治医は断定的に言い放った。

「骨の融合とはあまり関係ないと思います」

「開放骨折のために細菌が入ったんですか？　それとも手術の最中に混入したんですか？　どち

らですか？」

「今はなんとも言えません。まあ、待っていれば必ず骨は育つはずですから辛抱してください。気長に抗生剤で叩いて、もう少し様子を見ましょう」

すでに事故から八ヶ月以上経過している。煎じ詰めれば最初の手術のとき、すでに細菌が体内に入り込んでいた、ということではないか。このまま無為に通院を続けていても暗い袋小路に入っていくだけではないのか。

……不承不承のまま、続いて精神科へ。

「今処方されている大量の薬を徐々にでも減らせないですか？」

と尋ねると、

「吉村さんの薬は、うつ病の薬や安定剤を使いながら症状を抑えているだけです。まだ減らせる段階ではないし、脳に焼きついている障害だけに簡単に治るものではありません。慢性の病気にしないためには、一生共存するつもりで薬の処方を継続しないと、いろんな症状があとで出てくる可能性が否定できないのです」

もはや溜息しか出ない……。今の睡眠時間は平均四時間。昼寝でカバーしている状態だ。さらに医師は淀みない言葉を継ぐ。

「ＰＴＳＤは、急性であろうと慢性であろうと未知の病であることには変わりありません。今、アメリカでメカニズムの研究が進められていて、その情報をもとに我々は薬を処方しています。

はやる気持ちはわかりますが、今の段階で薬を減らすのは途轍《とてつ》もなくリスクが大きいです」

……ホテル羅賀荘を出てから、なんの気なしにふらりと漁港に立ち寄ってみた。

遅い刻だったが、まだ何人かの関係者が忙しそうに立ち働いている。秋サケ漁に向けての準備を進めているのだった。

――北海道をはじめ三陸沿岸では、サケのふ化放流事業が盛んだ。秋に捕れたメスから人工的手段で卵を採取し、ふ化場で稚魚まで育てたあと、翌年四月上旬に川に放流する。降海した稚魚はオホーツクに向かっていき、大海原を万里駆け回り、三〜四年後には産卵のため再び母川《ぼせん》に回帰する。

定置網のサケ漁に従事している彼らの悩みは、サケの回帰率が二〇〇〇年頃から急激に下がり始めたことだった。魚体のサイズも平均で一キロばかり痩せている。一番の要因は、やはり海の温暖化。それに伴う餌不足。かねてから達矢は、漁協の総会でこのことを何度も問題提起しているのだが……。

やじろべえのように突っ立っている達矢の姿に気づいた漁師仲間が一斉に取り囲んできた。

「おお！　鷹飛丸！　しばらくぶりだなあ。足は良くなったのか？　もう大丈夫そうでねえか！　足なんかどうでもいいから早く船を動かせって！」

「なんもなんも。夏網はどんな感じだ？」

軽い調子でそう返すと、彼らは一様にうなだれ、「とても黒字は望めねえ。中止だ」と嘆きの言葉を吐くばかり。

「カツオが小ぶりで全然だめだ。今年は北海道でさえサンマが不漁だしなあ」

秋の味覚の代表――サンマは十四度以下にならないと捕れない魚だ。記録的な猛暑が続いたこの夏、三陸沖での操業に見切りをつけた多くのサンマ船は、北海道の釧路沖周辺まで遠征しながら赤字ぎりぎりの経営を続けている。

「わざわざあそこまで行って漁をしてもなあ、暖水塊があるために水温が高くてサンマの南下をブロックしてるんだ。高い油を使って操業しても満船にできる見通しはまるっきりないしなあ」

「それによ、往復の時間がけっこうかかるでねえか。鮮度が保持できねえ。もう少しサンマが接岸してくれればいいのだけどなあ。どうにもうまくねえ。この案配じゃ、これから始まる秋サケもまるで期待が持てねえ」

彼らの言うとおり、北海道の太平洋沿岸から三陸沖まで水温二十五度前後の潮が居座り続けている。

サンマに限らず定置網や刺し網、かご網、底延縄《そこはえなわ》、流し網、ほとんどの漁法がなんらかの影響を受けている中、皮肉なことだが高温の海域を好むメバチマグロが盛漁だ。

……焦るな。

あの事故以来、己れに対して常々そう言い聞かせているが、今は正直無理だ……。漁具の準備以外なにをすればいい……。

「それよりたっちゃん、おめえは漁に出てねえから、新しい魚を食ってねえべ？　スンナやるから持っていけ。食いてえときはいつでも来い！」

などと言いながら、仲間の一人が水槽で泳いでいる活魚数匹を豪快にタモですくい、ビニール袋いっぱいに詰めてくれる。

「いやいや、申し訳ねえなあ。また来るから。でも待ってろよ。もう少ししたら俺は必ず復帰するからな」

「おお、その意気だ。鷹飛丸！」

事故から数えてはや九ヶ月。収入に繋がる仕事は何一つやれていない。足のむくみは消えないばかりか、しびれや鈍痛が相も変わらず続いている。

夏の陽光が射す中、達矢はゆっくりと立ち上がった。クマがそば耳を立てている。……頭の片隅にフラッシュバックの恐れが横切ったが、首を横に振ってそれを打ち消した。

「クマ、船に行くかあ？」

いつだって準備万端のクマは、達矢の気合いの声とともに、溌剌《はつらつ》とした仕草でトラックの荷台に飛び乗った。

半年以上放置したままの船底にはわかめや昆布、フジツボがびっしりと固着している。エンジン、バッテリー、舵まわり。あらゆる個所にサビが溜まっているのは確実で、事故で割れてしまった船縁やデッキも含め、本番の操業開始前にプロの船大工の力を借りてでも修繕を終わらせねばならない。

とりあえず自分でできること。エンジンルームや計器類の点検、巻上機の油圧系統の点検、ジャッキアップしてからデッキ周りのペンキ塗り。

こんな作業をやっているだけで全身汗みどろだ。

一通りの点検を終え、慎重にエンジンのスイッチを入れる。低回転でゆっくりとオイルを行き渡らせてからクラッチを入れ、徐々に回転数を上げていく。

洋上はべた凪。エンジンを全開。自慢のターボエンジンがうなりを上げる。

水温計を見ると平年比で二・五度は高い。

「これじゃあ、サケなんて当分寄って来ねえべなあ」

左右に勢いよく舵を切る。船底に取り付いている海藻や貝類を振るい落とすためだ。身軽になった鷹飛丸はみるみる速力を増していき、船足は三十ノットを超えた。

揺らめく波の模様を弾きながら定位置の舳先に陣取っているクマ。両耳がパタパタと強い風になびいている。

「クマ、そうしているとまるでカモメみてえだぞ！　翼を広げて大空を飛ぶカモメだ！」

主人の詩心がわからないクマはきょとんとしている。

大きなうねりを受けて、船体が大きくローリングする。足首に強いしびれを感じたが、委細構わず進路を真沖へ。

……三十五ノット。さすがのクマも達矢の足元でちんまりと縮こまっている。

北山崎を通過し、弁天島。そこで静かに船足を止めた。

操船だけでこんなに疲れるものだとは……。

達矢は、漁の神様に向かって合掌する。ここ一発の仕事をする前、必ず行ってきた漁師の儀式だ。

「足が早く治りますように。そしてＰＴＳＤが再発しませんように」

――もう一つ。

「僕のささやかな夢は生涯現役漁師です。続けさせてください」

復帰

あの忌まわしい事故から一年。

「もう、骨が育ってきていますから大丈夫でしょう。やはり漁師さんだから体力があるんですね。弱い人だと細菌に負けちゃうことが多いものです」

二戸病院。主治医は相好を崩してこう言った。あと一ヶ月ほど継続治療しながら様子を見たうえで、問題がなければプレートを抜いてもいいそうだ。

おそらく次の手術が最後となるだろう。骨と骨が完全についた状態でプレートを外し細菌の退治をするもので、リハビリから完治までは少なくとも六ヶ月程度は要するとのこと。

十一月。三陸沖では、晩秋から春にかけ低気圧が急激に発達することで毎年大時化《おおしけ》になる。時化そのものは悪いことではない。むしろありがたい。岩礁に堆積した泥をきれいに洗い流してくれるからだ。

漁協の大型定置網にとっても、ある程度の時化ならかえって好都合だ。海水が泡立って透明度が落ちることで網目が見えにくくなり、サケが網に入りやすくなるから。

人づてに聞いた情報によると、大型定置網にはようやくサケが入り出し、地元漁港では今期最高の水揚げを記録。鵜の巣断崖の直下にある中型定置網が群を抜いてトップ。資金投入して新品の網に全交換したことが功を奏しているという。

その反面絶不調なのはサケ延縄漁。表層の水温が高すぎるため、水温八〜十二度を好むサケが網を降ろす層まで浮上してこないのだ。

皆が待ち望んでいる天然アワビ漁の口開け宣言は、親アワビが水温約十六度で産卵し終えてからになるが、浜見（状況を調べる下見）をした漁師の報告では、平年に比べて数は少ないものの発育は上々とのこと。

それを知った漁師たちは、陸に上架《じょうか》してあったサッパ船を一斉に降ろし始め、いつでも出漁できるよう準備を整えていた。

「まあ、気楽な気持ちで漁に出てみて、だめだと思ったら出戻ればいいべし。悪くても昨年対比でトントンにはなるべ」

そう言いながらも、ただ手を拱《こまね》いているわけではない。虎視眈々《こしたんたん》と出漁の機会を狙っている。なにしろ天然アワビの口開けは一年にたった五日しかない。三時間の制限時間内で、一日で三十万円稼げるチャンスをみすみす逃してなるものか。

こうして達矢は一年ぶりに漁師復帰を果たす。

船外機の調子も良好。準備万端に整備したおかげでエンジンが一発でかかる。

もちろん相棒クマも一緒だ。

クマにとってサッパ船は初体験。鷹飛丸では威風堂々の立ち振る舞いを見せるクマも、笹舟のように揺れる不安定なサッパ船の乗り心地には恐怖を隠せない。細長い舳先に腰かけながら、達矢の様子をちらちら見ては生あくびを繰り返している。

「陸はあっちかな～？　こっちかな～？　落ちねえようにちゃんとつかまっとけよ～」

と船を大きく蛇行させながらからかうと、「冗談はやめろ！」と本気顔で吠えまくる。

さて目的の漁場に到着。……空はぼんやりと灰色のベールに覆われている。こんな日は透視度が極端に悪くなるため、数メートル海底のアワビさえ見つけにくい。

あくまでリハビリ漁だと割り切ったつもりではいたものの、この状況に置かれれば本気にならざるを得ない。ウレタン素材の切れ端を貼りつけ逆さまにしたビールケースの椅子に座り、這いつくばる格好で海底を覗き込む。……やはりアワビの数が少ないようだ。夏の異常な水温上昇からか、すでに死滅したアワビが目立つ。

怪我したほうの足首には寒さ対策のホカロンを張っているが、埋め込まれた金属プレートの冷たさがじんじんと伝わって来、足首から先の感覚が一気に失われていく。

「お、鷹飛丸！　久しぶりだな！」

そう言いながら近くに船を寄せてきたのは漁師のアキラ。彼も同じ漁場に目星を付けていたらしい。普段アキラは刺し網専門だが、いざアワビ漁となると俄然張り切り出し、周囲が舌を巻くほどがむしゃらに稼ぎまくる男。同年代の達矢にとってもよきライバルであった。

「せいぜい怪我が悪化しねえように気をつけるんだな！」

「そっちこそ、あんまり採りすぎるでねえぞ！」

さて成果はというと……。

達矢が水揚げしたアワビは一級品ばかり。アキラを抜いてこの日のトップを記録した。

「やりやがったな」

アキラが心底口惜しそうな顔をしている。自他共に認めるアワビ採り名人の彼にとっては、たとえ一日でも他者に負けることは己れの自尊心が許さないのだった。

達矢は心地良い疲労感を覚えていた。


二〇一〇年のクリスマスを三日後に控えた北三陸沖。

北から北西に変わった風が冷たい寒気団を連れてやってくると、本格的な冬将軍の訪れとなる。

それにしても、ふと考える。年の瀬が押し迫ったこの時期に、これほどの大時化が迫ってくることは今まで記憶がない……。

漁港は高さ十二メートルの埠頭で周囲が囲われているが、長い間の経年劣化のため、沖側の波消ブロックが削れてきていることは誰もが薄々気づいていることだった。

月に二回来る大潮の満潮時と低気圧が重なった場合、小型漁船はひとたまりもない。たかだか三メートルの波高でも埠頭と同じ高さまで持ち上がってしまい、港湾の内側に係留してある船の真上から一気に越波《えつぱ》してくるのだ。

そのままにしておけば、あっという間に岸壁に乗り上げてしまい、最悪の場合、沈没の可能性もある。

従って大型台風や前線が通過するたび、小型船の船主たちは個々に自衛手段を講じなければならない。

鷹飛丸を留めている定位置はふ頭の真裏。時化が来ぬうちに船が動かないよう錨ロープを結び直しておく必要がある。

——朝の七時半、漁港へ向かおうとすると、クマが路傍をうろついている。電柱に幾重にも結んでいる漁網ロープを鋭い犬歯で噛み切ってしまったのだ。

慌てて捕まえようとするが、すんでのところで身を翻し、すたこらさっさと裏手の雑木林へ駆け上っていくクマ。

いつもならば「ほれ乗れ！」と合図を下しさえすれば、嬉々としてトラックの荷台に飛び乗ってくるクマが、虫の居所が悪いのか、何度呼びつけても聞き入れようとしない。

普段とは異なるクマの行動を観察していると……。ようやくわかった。山道の途中に小さな野良猫が一匹いて、それを追いかけ回しているのだった。

もちろんこのまま放っておくわけにもいかない。暫時トラックの中でクマの帰りを待つことにした。

「明日は雪になるかもしれない。これで年内のアワビ漁は終わりだべなあ」

そんなことを呟きながら、なんとはなしにトラックを前に出した刹那。なにかにトンと乗り上げた。

ギャン！

足元からけたたましい悲鳴。一瞬なにごとが起きたのか解しかねたが、すぐに事態を察した。

「あー！　やっちまった！」

血相を変えて達矢は車輪の下を覗きこんだ。

……いつの間に戻ってきていたのか。

呻きながら七転八倒しているクマの左前脚から、ツツーと鮮血がしたたり落ちている。

懸命に引きずり出したが、その痛がりようから察するに、軽い怪我ではないことは明らかだった。

「大変だ……」

近くの動物病院を探して片っ端から電話をかけてみたが、時間帯が早いためかどれも不通。十分おきにかけ続けてみて、ようやく通じたところは、車で片道一時間以上はかかる久慈市の動物病院。

口角泡を飛ばしながら怪我の状況を説明したあと、ぐったりしているクマを助手席に寝かせてれている。

久慈市へ向かう。

「なんたるドジだ。クマごめんな……」

鎮静剤と痛み止めの注射、そしてレントゲン撮影が施された。脚首の上の骨が二本、完全に折れている。

獣医曰く、「全身麻酔の手術をして、骨をある程度普通の状態に戻して、それからギプスを巻いて固定。とにかく安静にしないといけませんね」という。

それにしても朝にした自分の行為が悔やまれてならない。飼い主としての不注意を棚に上げれば、いくら相棒犬とはいえ、なにも足の怪我まで主を真似しなくてもいいのに……。


帰りの車中、麻酔が切れたクマは疲れて眠るどころか、興奮冷めやらぬ様子で暴れ回っている。家に帰っても食欲は旺盛。薬を混ぜたエサを与えてやると、ようやく落ち着いたのか、達矢の膝にあごを乗せ、静かな寝息を奏で始めた。

電柱脇の犬小屋は、達矢が繕つくろいをしている作業小屋の中に移された。窮屈なところに押し込まれたクマは切なげに鼻を鳴らし、措置への不満を余すところなく表している。

夜になるとつい心配になって、三時間おきにクマの様子を見に行ってしまう達矢。さらなる寝不足に陥ったが、それから三日も経つ頃にはギプスにも慣れ、多少なりとも元気を取り戻した模様。肩車をしてやって外の空気に触れさせると、クマは尻尾を振って喜んだ。

クリスマスの夜。

妻と二人でクマを囲みケーキを食べた。骨折コンビの二〇一〇年はこうして終わった。

地震発生

二〇一一年。

前年暮れから続いていた大時化が落ち着きを見せたと思った途端、強い暴風雨が岩手県沖合いで発生。北三陸一帯に暴風雪警報、波浪警報が発令されている。

平年では二～三月が時化の季節だが、年末年始にかけて大時化連続は極めて珍しい。沖合いの海水温度が極端に高いためであった。不漁の昨年に比べ、各地での漁獲高は急増。中でも日本海の寒ブリは桁外れの豊漁に沸いているそうだ。

「いいなあ、日本海ではブリ御殿を建てる漁師も出てくるんでねえのか。おらもあやかりてえなあ」

「それに比べて太平洋側は全くだめだあ。最近、ようやくマダラと毛ガニが出てきたけんどよお」

周りの漁師たちは、口々にこんなことをこぼしている。

漁港の波高は、埠頭の一番高いところをゆうに超え、港内に留めてあった漁船三隻が岸壁に乗

愛読者はがき

ご購読ありがとうございます。出版企画等の参考とさせていただきますので、下記のアンケートにお答えください。ご感想等は広告等で使用させていただく場合がございます。

① お買い求めいただいた本のタイトル。

② 印象に残った一行。

（　　）ページ

③ 本書をお読みになったご感想、ご意見など。

④ 本書をお求めになった動機は？
1 タイトルにひかれたから　2 内容にひかれたから
3 表紙を見て気になったから　4 著者のファンだから
5 広告を見て（新聞・雑誌名＝　　）
6 インターネット上の情報から（弊社 HP・SNS・その他＝　　）
7 その他（　　）

⑤ 今後、どのようなテーマ・内容の本をお読みになりたいですか？

⑥ 下記、ご記入お願いします。

ご職業	年齢	性別
購読している新聞	購読している雑誌	お好きな作家

ご協力ありがとうございました。　ホームページ www.shinnihon-net.co.jp

郵便はがき

料金受取人払郵便

代々木局承認

3526

差出有効期間
2025年9月30日
まで

（切手不要）

151-8790

243

（受取人）

東京都渋谷区千駄ヶ谷 4-25-6

新日本出版社

編集部行

ご住所	〒 都道 府県
お電話	
お名前	フリガナ

本のご注文は、このハガキをご利用ください。送料 300 円

《購入申込書》

書名	定価	円	冊
書名	定価	円	冊

ご記入された個人情報は企画の参考にのみ使用するもので、他の目的には使用いたしません。弊社書籍をご注文の方は、上記に必要情報をご記入ください。

り上げて危うく沈没しかけたが、地元の消防団員の活躍により、すんでのところで難を逃れた。

鷹飛丸のデッキにも大きな亀裂が残されている。防舷材《ぼうげんざい》を船縁外側に降ろしておいたにもかかわらず、舳先が港の内側を向くように固定したはずの錨が、時化をやり過ごす際に六メートルも海底を引き摺ってしまい、岸壁で擦りあげてしまったのだ。ミヨシ（船首側）にも数ヶ所の破損跡がある。被害額は三十万円。

港内でもっとも高潮の影響を受けやすい場所に留めざるをえない独航船の漁師の間ではこんなことが常態化している。

漁港を管理している県に対し、幾度も「急いで嵩上げ工事を進めて欲しい」と陳情をしているが聞き入れてくれない。「財政が厳しく、災害が発生してからでないとなかなか動けない」というお役所言葉が返されてくるのが関の山だ。

「災害が起きるような大波になったら最後、港内の船は全部沈んでしまいます。そうなる前になんとか対策をお願いします」

と必死に食い下がるが、県の担当者は、「進めている漁港整備の完成を待ってください」と、いつ実現するかもわからない未来計画に話をすり替え、あとは一切口をつぐんでしまうのだった。

――上空に寒気団が居座り、北北西の風による異常乾燥注意報が発令されている北三陸は、冬型の気圧配置が緩みつつある。太平洋側では南東や北東の風による「沖あげ」という嵐が吹き荒れ、低気圧が来るたび湿り気を帯びた通称「春のどか雪」が降るようになる。やがて雪が溶け、それが地下水となり、山林から原野へと伝わっていき、プランクトンや小魚の成長を促すのに欠かせない貴重な栄養源となり大海に溶けていく。

その後、春の訪れを告げるイサダ漁が始まる。釣り用の撒き餌や、かっぱえびせんの原材料として使われるツノナシオキアミという一センチ程度の小さなエビを捕る漁だ。

これが始まると、三陸の漁師たちは「ああ春が来たんだなあ」と麗《うら》らかな季節の訪れを実感するのだ。

漁師復帰に向けて準備は概ね進んだ。二〇一一年二月二日には漁業権を再申請し、鷹飛丸に対する各種漁船保険の見直し加入、そして入金手続きも四月二十日までには済ませる予定だ。

クマも順調な回復ぶりを見せている。

毎日してやったマッサージが効果を発揮したのか、突っつくと最初はたじろいで引っ込めていた脚が、少しずつ前へ前へと出るようになった。

ギプスがとれ、三月三日に抜糸が終わったあとは、動きはやや緩慢なものの三本脚でスキップも踏めるようになった。ストレス発散したくてたまらないクマは、達矢の傍から片時も離れようとせず、フンフン鼻を押しつけては散歩を要求する。

すっかり元気を取り戻したクマに比べて達矢は……。またまた頭痛の種が発生。

事故から一年二ヶ月以上経過しているにもかかわらず、足の鈍い痛みと浮腫《むくみ》が残ったままなのだ。踏ん張ると足がうずいて仕方ない。内部で細菌が暴れているような感覚だ。

先日受診した際、医師がこんなことを告げてきた。

「なるべく早くプレートとボルトを外して、細菌を完全に退治しないといけません。X線の写真を見る限りでは、半分ほど骨はついたように見えますが、実際に中を開けて見てみないとはっきりしたことはわかりません。治りきっていない状態でプレートを外してしまうと、簡単に骨が折れることがママありまして、そうなれば、また初めからのやり直しってことになります」

……なんと形容すべきか。文句どころか、もはや天を仰ぐことしかできない達矢。

強い抗生剤を服用し続けているが、かえって骨を育てるための良い菌まで滅してしまい、新しい骨が育ちにくくなっている。と言いつつ、抗生剤を止めてしまうと悪い菌がさらに増殖する、という負の連鎖に陥っている。

「……仕方ありません。大事な仕事がある手前、なるべく早くやって頂けませんか」

観念したその言葉を待っていたように担当医師は、「来週。うん、九日ならちょうどベッドが空きますね。その日に手術しましょう。一週間の予定で入院してください」

とさらりと宣う。

また手術。

今度は、埋め込んだチタンプレートを取り外し、細菌を消滅させるのが目的のためリハビリは不要だという。短期間の入院生活になる予定ではあるが、達矢の落ち込みぶりは相当であった。……四月中旬からの試験操業を目指し、万全の態勢を整えていただけに、なんたることだ。再びまな板の鯉。

こうして三月八日に入院。翌朝プレートを外す手術が行われた。埋め込んでいるボルトがなかなか抜けず、二十センチに広げて切開したことで手術は三時間を要した。

麻酔が切れた夜、想像していた以上の痛みに耐えられず、看護師に痛み止めの注射を二度打ってもらう。翌日からだいぶ痛みは収まったが、微熱が少し残った。執刀医からは、「思っていたよりも骨が仕上がっているから、軽い程度なら歩いてもいいですよ。抜糸は一週間後に外来でやることにします」と言われた達矢は、三月十一日に退院する運びとなった。

その日は寒々しい朝であった。

院内の四階、四人部屋の病室。

いつもどおり夜の三時に目覚めてしまい、帰りの支度を早々と終えてしまった達矢は暇をもてあましていた。

退院手続きをしてもらう予定の刻は午後四時と伝えられていたため、ぶらぶらとあてもなく院内を歩き回る。それに飽きると病室に戻って寝転がり、テレビのワイドショーを見ながら時間を潰した。

そうだ、と達矢は思い立った。

同じフロアのスタッフステーションの前には、最新の装備を整えた大きな浴室があり、整形外科の患者の場合、医師の許可さえあればいつでも風呂に入れることになっている。

「病院の垢でも流していこうかな」

手摺りのついたユニットバスに一時間たっぷりと浸かったあと、脱衣所で背中を拭いていた。

午後二時四十六分――。

ダン！

不意に胴体が突き上げられた。数拍あって――。

振り子のような長い横揺れ。

「ど、どうした？」

全ての照明が途絶した。ガチャガチャという不快な音が連続して起きる。

「わわわ！」

抜糸が終わっていない足がうまく前に運べない。急いで着替えを背中に引っかけ、松葉杖をつきながら、ケンケン走りで廊下に出た。異変に気がつき壁につかまり立ちをしている病人たち。何人かが大声で叫びながら病室から這い出してくる。

不快な揺れは収まらない。

南三陸の宮城県牡鹿半島沖百三十キロ付近を震源地として、国内観測史上最大の規模のマグニチュード九・〇を記録した巨大地震――東日本大震災の発生だった。

……建物全体がまだ揺れている。

外へ逃げようとも考えたが、周囲の人々は凍りついた表情で立ち尽くしたまま。

ひとしきりすると揺れは収まってきた。停電していた電気は自家発電に切り替えられ、すでに復旧している。

看護師長と覚しき声が遠くでする。

「この建物は免震構造ですから大丈夫です！　慌てて外に飛び出さないでください！　みなさん落ち着いてください！　机などの下に入ってください。落ち着いてください！」

患者たちは少しずつ落ち着きを取り戻し、「いやあ、大っきかったなあ」「こんな地震生まれて初めてだあ」とつとめて平静に振る舞いながら、めいめい自室に籠もり、一斉にラジオやテレビを点《つ》け始めた。

バタバタと音を立てて駆けてきた看護師が大声でまくしたてる。

「ベッドのテレビは見ないでください！　電力が足りなくなります！　一階のロビーにもテレビ

がありますので、そちらを見てください！　お願いします！」

　達矢は持っていた携帯ラジオのスイッチを入れ、懸命に耳をそばだてた。騒然とした雑音を拾いながら、アナウンサーがうわずった声を張り上げている。

「マグニチュードは七・九！　最大震度は五強、いや六強です！　震源地は三陸沖。震源の深さは十キロ。津波の可能性もあります。……マグニチュードが上がりました。マグニチュードは八！　宮城県北部は震度七！　海岸付近の方、ただちに海岸から離れてください！」

　この病院とは別の世界で、恐ろしい事態が確実に進行している。わけのわからない感情が脳を支配し、思うように思考が働かない。


　パニックが収まった頃を見定め、達矢は這々《ほうほう》の体《てい》で階段を下りて行った。一階のロビーは、すでに大勢の患者や病院関係者で埋め尽くされ、固唾《かたず》を呑みながらテレビ画面の光景にくぎ付けになっている。

「大津波警報が発表されています！　岩手県、宮城県、福島県。津波警報。北海道太平洋沿岸中部、青森県太平洋沿岸、茨城県、千葉県九十九里、千葉県外房、伊豆諸島。北海道から沖縄までの広い範囲で津波注意報が発表されています。海岸付近の方。ただちに海岸から離れ、遠い高台に避難するようにしてください！」

　断続的に横揺れの余震。そのたびに「キャ～」「ワ～」という悲鳴が上がる。

「大船渡に第一波が到達しました！　十四時五十四分。津波の高さは二十センチ。第二波、第三波に注意してください！」

達矢の持っている携帯ラジオからも悲痛な声が漏れ聞こえている。

「東日本の太平洋沿岸を中心に強い地震が発生しました。大津波警報が発令されています。ただちに高台に避難してください。海岸には近づかないでください」

「まもなく五メートルの波が到達します！　皆さん避難してください！」

ライブカメラ映像は、不気味なほど波が引いている沿岸域の様子を映し出している。

海面反動だ。達矢は打ち震えた。まもなく大きな津波が来襲する――。

「絶対ありえねえ！　五メートルなんて、なんでそんな風に言うの！　もっとあるべ！」

思わずそう叫ぶと、周囲の者が怪訝《けげん》な顔で一斉に振り返った。


携帯電話の呼び出し音が鋭く鳴った。

今回は一週間くらいの入院で済むと踏み、家族以外には行き先を伝えないまま家を出ていたのだが、唯一、手術すると伝えていた高校時代の同級生からだった。

「たっちゃん、まだ病院さいるんだったら、しばらく沿岸は帰れないから、そこにいろ！」

ひどい雑音。会話の途中で電波はことぎれた。

妻や兄弟は無事だろうか？　何度も電話をかけてみるが応答がない。

テレビ局の支局がない田野畑村の映像は一度も映されぬまま、時間だけが刻々と過ぎていく……。

民放のテレビ映像。怒号が飛び交う騒然とした報道センターの様子が映し出されている。防災ヘルメットを被ったアナウンサーが繰り返される余震におののきながら、各地の被災状況を矢継ぎ早に連呼している。各地からの定点カメラの中継映像……。東京二十三区は震度六弱。お台場のビルからは黒々とした煙が上がっている。

冠水している道路に、どぶ色の潮が巻きながら激しくうねって通っていく。沖に展開している何艘もの船がスロットル全開でエンジンを回しているように見えるが、まったく前に進んでおらず、もみくちゃにされて復元力を失っている。

……埠頭に向かって押しやられている一艘の漁船。

「あっ、そのまま堤防の岸壁に船首からぶつかりました。座礁しました！」

それから数分後――、恐ろしいまでに潮位を増した光景がテレビ画面いっぱいに映し出される。福島県いわき市の小名浜港にも津波が到着……。盤石だったはずの防潮堤を越波した濁流が市街地に殺到している。

押す波と返す波が複雑に絡まりあい、荒れ狂った渦潮状の流れによって堅牢な遠洋漁業の大型船、車やトラック、正体不明の構造物が建物の脇を一緒くたになって進んでゆく。まるでドミノ倒しのようにひっくり返って次々に座礁していく。

なんという津波の破壊力。

高々と上がる飛沫。気仙沼漁港の荷さばき場には、すでに屋根すれすれまで津波が入り込んでいる。

「小名浜港。トラックの上に人影が見えます。今、飲み込まれたようです。津波が到達しています！　ただいま新しい情報が入りました。東北電力によりますと、宮城県の女川《おながわ》原発の１号機から３号機までは自動停止……」

周囲の者が口々に叫ぶ。

「地獄だ！」「うわわ～、なくなった～」「あら～」「やばい」「半端ねえ！　ここもやばいべ」「おらの町も全滅だあ！」「こっちもだめだべ～」「日本はもう終わりだあ！」

時刻は四時。各地の被災状況を示す映像がテレビ画面に現れては消えていく。

ヘリの空撮による仙台市の名取川《なとりがわ》河口からの生中継映像では住宅や農業用ビニールハウス、田畑、車などを飲み込みながら、平野部を突き進む土石流のような津波映像。その向こうに、無数の車が猛スピードで逃げる様子が見える。やがてその車は水煙とともになぎはらわれていく。

沖に展開している自衛隊ヘリからの空撮。波の頂点が砕け、第二波が整然と列をなし海岸線の防潮林に向かって一直線に押し寄せている……。

沿岸の山全部が燻《いぶ》されるように黄色く煙っている。この季節、まだスギ花粉は飛ばない時期ではあったが、地震がもたらした凄まじい振動によって木々が擦れ合い、一斉に花粉が飛散しているのだった。

煮えたぎるように荒れ狂う釜石漁港一帯。津波対策の切り札として二〇〇九年に完成した湾口の埠頭は「世界最深の防波堤」とギネスブックに載ったばかり。魚河岸を軽々と乗り越えていく津波によって車やら漁船やらが建物の隙間を縫うようにして、根こそぎ市街地に流れ込んでいく。

映像を見ながら達矢は思わず独りごちた。

「ああ、鷹飛丸もだめだべな」

自宅周辺は高さ九メートルの防潮堤に守られてはいるものの、海から一キロ弱離れているだけだ。

家族の安否を思えば、もう気が気ではない。津波が起きたとき、妻は内陸部の勤め先にいたはずだからおそらく大丈夫……だろう。クマはどうなった？……。

——同じ刻、田野畑村ではなにが起きていたか。

当日の海況は冬ならではの鏡凪《かがみな》ぎ。無風。海の透明度は抜群に良く海面は壮麗と輝いていたという。

地震発生から三分後、大津波警報が発令された。田野畑村では震度四を記録。隣り合わせに位置している岩泉町や普代村よりも震度階級にして一ランクの開きがあるのは、この一帯は硬い岩盤で覆われているため。

地震発生から二十三分後、入り江の海水が静かに引き始めた。そして、今まで干潮になってもけっして姿を現すことがなかった海底の砂地や岩が完全に露出した。

達矢が足繁く通っていたホテル羅賀荘沖――平井賀の海岸。はるか彼方の対岸から左方に見える弁天島に至るまでの水深は四～十メートル。その全ての海水が干されたように消え失せた。

十五時二十五分、第一波観測。海面がゆるやかに膨れあがった。上陸したときの潮位は人間の膝くらいの高さであった。このとき漁港に係留されていたサッパ船の多くが津波にこし上げられた結果、繋いでいた錨ロープがぶった切られ、船体を叩き割られている。

第一波が去ったあと、約二百メートル沖合で突如として海面変化が現れた。

震源地の方角――南方に位置する岩泉町側の洋上で信じられないほど高い白波が立ち上がったのだ。

一説では、低気圧や台風によって引き起こされる通常の高潮は、中心気圧からうねりながら岸に押し寄せ、磯や埠頭にぶつかって威力が落ちるという。反面うねりを持たない津波は、海底を巻きながら静かに岸に進んでくる。外洋に面した田野畑村では、岸ぎりぎりになってから大津波が姿を現したことになる。

約四百～五百メートルの幅、高さ約二十メートル。それが水平線を舐《な》め尽くすように押し寄せてきた。

防災無線では緊急避難が告げられ、それを聞いてわらわらと高台に避難した村民らは口々に、

「きれいだ……」と思わず感嘆の声を漏らすほど、青く透き通った第二波だったという。

その津波は海岸沿いのあらゆる構造物を滅茶苦茶に叩き割り、ほんの三分か五分で強烈な力で引いていった。そのとき海面は見渡す限り赤褐色に染められていた……。

＊　＊

最初、気象庁が行った表現はまずいですよ（地震発生の三分後、気象庁は岩手県沿岸の津波の高さを三メートルと発表した）。岩手県の防潮堤の高さは基本的に八メートルなんです。なぜ八メートルかというと、昭和八年の昭和三陸地震津波を基準にしているからです。

三陸沿岸で起きた巨大地震っていうのは、一番大きいとされている明治二十九年の明治三陸津波。マグニチュード八・二。死者は二万人以上。今回の地震と違って岩手沖で発生したんです。どこに基準を置くかですよね。結局誰もわかんないわけですよ。

たとえば田老町。今は宮古市と合併しましたけど、津波対策の模範港として世界に誇る津波防災都市を謳《うた》っていました。全長一千三百五十メートルの防潮堤。海面からの高さ十・六五メートルの巨大防潮堤を築いたんですよ。それでも今にして思えば、津波対策にはならなかったんです。

三陸鉄道のレールは陸橋になっていて、橋桁の高さは海抜二十三・五メートル。おそらく二十六メートルは津波が来たんですよ（津波遡上高は島越漁港海岸で推定値二十三・七メートル）。橋桁が跡形もなくなっていましたから。……あの巨大津波の映像は病院のテレビで見ました。僕は戦争を知らないですけど、東京が空襲を受けたとき、きっとこんな感じじゃないかと思いました。

＊　＊

その日の夕刻。福島県、宮城県、岩手県の被災状況が具体的になっていく。

仙台空港は半分近くが冠水し、大型飛行機が無残にも泥の海水に揺らいでいる。倒壊したガスタンクが湾内に流れた気仙沼は町全体が燃えている。岩手県の陸前高田も全滅。津波で流れた油に火が付き、家庭用プロパンガスが次々に爆発したことで倒壊家屋が燃え広がった大槌町が轟々と焼かれている。

断続的な余震はずっと続いている。

達矢は家族の安否確認すらできない状況下に置かれていた。情報源はテレビと新聞のみ。固定電話も使いものにならない。

二戸病院に取材にやってきた地元テレビ局に勤める知人の情報によると――。

○津波が襲来した田野畑村の沿岸域は、最大遡上高二十五・五メートルの津波によって壊滅的な被害を受けた模様。
○もっとも甚大な被害を受けた島越地区では係留されていた全ての漁船が流された可能性が否定できず、沖にはいまだ避難中の漁船が浮かんでいる模様。
○三月十三日、田野畑村役場は電源が復旧。内陸に建つ文化施設には、六百人を越す人々が続々と避難中。
○沿岸域は道路が寸断され、一般車両は一切近づけない模様――。

だという。


この情報を信じれば、鷹飛丸を留めている沿岸一帯は絶望的……。

三月十一日に予定されていた達矢の退院日は震災の混乱によって宙に浮いたまま。できればすぐにでも村に飛んで帰りたい。被害の様子をこの目で確認したい。とはいえ、今置かれた状況では帰るに帰れないのだった。

地震が起きたとき、食料の買い出しのため、たまたま久慈市を訪れていたという甥っ子の携帯電話と連絡がとれたのは、それからすぐあと。

田野畑村の沿岸部に面した地区は壊滅的な打撃を受けたことは間違いなく、兄が住む家は全壊、基礎部しか残っていないという。

福島原発3号機の建屋が水素爆発を起こした十四日。

達矢はインターネットに投稿された動画によって、沿岸部に津波が襲来する様を初めて目の当たりにした。

「なんじょした、これは……」

撮影者が立っていたであろう場所は、達矢が漁港に向かう際、いつも通る県道44号線。浜見に使うひらなめ海岸の高台。猛威を振るうその様子から、津波は自宅にも到達したに違いない。がっくりと肩を落とした直後、再び甥っ子からの電話……。

達矢の自宅は海水を被ってはいるが倒壊は免れた模様。兄弟や親戚は無事。妻の安否は不明。村役場は無事で近くの避難所では灯油、ストーブ、食料、飲料水が圧倒的に不足しており劣悪な環境下。今でも電話回線は繋がっていない。

ということまで判明した。

「どうして彼女だけ行方がわからねえんだ？」

電柱に繋がれていたはずのクマは……。不安が一気呵成《かせい》に押し寄せて来、達矢は弾かれたように帰宅に向けての身の回りの整理を開始した。

妻もクマもきっと大丈夫……。

そう念じれば念じるほど、かえって最悪なことが起こり得るのではないかの懸念が膨れていく。

震災の日から晴れの日が続いていた北三陸に再び雪が降った三月十五日。福島第1原発4号機の建屋が午前六時十分に水素爆発。政府は原発の二十キロ圏内に対し避難指示、二十～三十キロ圏内には屋内待避の指示を出した。

のちに「運命の日」と呼ばれるこの日を境に、放射性物質の放出が夥《おびただ》しく増えていき、それに伴って海洋汚染の実態が世に表出していくことになる。

波の花

三月十六日。

前日に抜糸を終えた達矢は、雪の降りしきる中、痛む片足をダッシュボードに乗せながら田野畑村に向かって車を走らせていた。

ふるさとの惨状を見るのはつらい。それでも一刻も早く帰らなければならない。

……入院する道すがら、念のためガソリンを補充しておいたのは正解だった。在庫が切れた沿岸一帯では、いつ給油できるか不確実なガソリンを待つ車両によって長蛇の列ができていたのだ。

道中、そこここで警察による検問が引かれている。挙手をしながら近づいてきた若い警察官が、

「どこさ行きますか?」と言いながら大きく両手を上げている。

「田野畑まで」と言うと、「沿岸部はだめです。行けません」と、かぶりを振る警察官。とはいえ、仰せのとおりに致しますと引き下がれるはずもなく、少し間をおいてまたとって返し、「内陸の岩泉まで行きます」と言うと、あっけなく通行を許された。

こんなやりとりを幾度繰り返したろう。

いつもなら二時間あれば辿り着ける道程が八時間もかかった。地割れや山崩れを気にしながら、ようやく田野畑村に到着。すでにガソリンは残りわずかとなっている。

膨大ながれきが道の左右に山積している。かろうじて車が通れる程度の道なき道をゆっくりと進んでいく。泥濘《でいねい》にまみれた丸太、壊れた家財道具や水没している車……。つい先日まで穴があくほどテレビで見ていた現実が実際に広がっている。

地元の魚と農作物を扱っていた直売所は、外壁が崩れ落ちた一階の室内が剥き出しになっており、あるのは骨組みのみ。その周囲の電柱は全て横倒しにされている。

浜に面して植林されていた樹齢四十年の防潮林も根こそぎ流され、跡形もない。毎年秋にはサケが大挙して遡上する川に架かっていた橋も崩れ落ち、代わりにあるのは堆積した土砂と倒木だけだ。

……自宅前。一階部分は床上浸水しており、外壁には高さ一・五メートルの位置まではっきりと波痕《はこん》が刻まれている。二階部分がかろうじて無事なのは、ここら一帯の水はけの悪さを改善するために、二メートルの高さまで砕石混じりの盛り土をしていたおかげだった。

クマは電柱に繋いでいたロープごと消えていた。

探せども探せども、どこにもいなかった。

内陸部に建つ公民館。ボランティアとして忙しげに立ち働いている妻の姿を見たとき、達矢はほっと胸を撫で下ろす思いであった。

そこにいた人々の言葉によると、サバイバル生活を余儀なくされているほかの被災地に比べ、田野畑村の避難所はまだ恵まれているという。

比較的内陸にある役場管理の浄化槽が被害を受けなかったため、水もトイレもそのままの状態で使えていたことが幸いした。地震直後は村内全域で停電が発生したものの、地元の建設業者によってすぐさま自家発電機が持ち込まれ、その日の晩には避難所に電気が点《とも》っている。さらに教育委員会が用意したテレビ一台が運び込まれ、避難所内の人々は各地の被災状況を把握することができていたのだ。

避難所にはガス台も簡易ストーブもある。内陸側の村民が中心になって炊き出し要員となり、全員に暖かい味噌汁を振る舞っていた。さらに運のいいことに、すでに廃校になっていた田野畑村中学校には、寄宿舎生活を送る学生がかつて使っていた寝具が何百の単位で備蓄されていたのだった。

ある程度状況が把握できたところで、達矢は尋ねた。

「……クマは?」

その途端、妻は大きくかぶりを振り、くしゃくしゃの表情になった。

「……たぶん流された」

凍てつくような夜が明け、白々とした朝の光が凍りついた窓枠の向こうから照射してくる。

家の二階。現実と虚構の狭間で目を擦りながら遠くを見やると、この地区一帯を守るように植えられていた防潮林の姿はなく、これまで民家の影に遮られて見ることが叶わなかった防波堤が、すっかり輪郭を変えて丸裸にされている。

それ以外に見えるのは茶色い単色世界。それが今の現実を雄弁に物語っているのだった。

家の隣に新築したばかりの作業小屋は、シャッター、引き戸のサッシの大部分が破損。コンプレッサー、溶接機、電動工具類は全て錆びきり使い物にならない。買い置きの魚の餌を収納するための冷凍庫三台は行方をくらましており、小屋の中に仕舞っておいた軽トラックは完全に水没。スターターを何度回してもエンジンがかからない。かご網やロープ類も滅茶苦茶に絡まった状態で四散している。

数十メートル離れた田畑まで流されていたのは、資材の仮置き場にしていた廃船同然のサッパ船二艘。古老の漁師から、「スクラップにしてしまうと五十万円の費用がかかるし、捨てるのももったいねえし」と、押しつけられるように譲り受けたものだ。

家の周囲の民家は、半壊もしくは床上浸水が五戸、流された家が四戸。達矢の自宅より海側にあった民家全てが一階の天井まで海水に浸かった。

……三・一一から一週間が経過。

田野畑村の死者十四人、行方不明者二十四人。

沿岸部に建っている民家で助かったのはわずか五パーセント。今回の大津波は、それまで「史上最大の津波」と呼ばれていた明治二十九年の明治三陸津波が記録した十八メートルを遥かに超えていたことがわかった。

体を洗えたのは、達矢が自宅に戻ってから三日目のこと。村民はマイクロバスで隣町（岩泉町）にある龍泉洞《りゅうせんどう》温泉ホテルに行き、久しぶりに汗を流し、伸び放題だった髭を剃り、ゆっくりと風呂に浸かることができた。交代制のため、それは三日か四日に一度のことだったが、心身ともに疲弊していた被災者にとって心からありがたいことだった。

さらに数日が経ち、ようやくガソリンを手に入れることができた達矢は漁港に向かった。

沿岸域の陸橋は全て崩落しているため、山の旧道の迂回ルートを使う。ときおりパトカーやダンプがすれ違うほかは、一般車両の姿は一台も見えない。

平井賀地区……。三陸鉄道を模した水門の管理棟だけがぽっかりと宙に浮いたように残されている以外、沿岸域の民家は全壊もしくは半壊。

羅賀地区……。震災の一ヶ月前、床面の絨毯や大浴場を改装したばかりのホテル羅賀荘は、地上三階より下部が激しく損壊している。

駅舎のすぐ手前まで津波が押し寄せたものの、奇跡的に被害を逃れた田野畑駅。

島越駅周辺は茫漠とした廃墟と化している。この周囲には民家や商店、ガソリンスタンド、小学校の校舎があったはずだが、残ったのは駅舎に登るための階段の残骸と陸橋の支柱のみ。その傍に大型クレーンが逆さまにひっくり返っている。

――百二十五世帯がほぼ壊滅したという島越地区に到着。駅のすぐ目と鼻の先にあった海水浴場は赤茶けた大量のがれきで埋め尽くされている。

引き波の圧によるものであろう。道路の法面は崩れ落ち、車道のガードパイプは海の方向に倒されている。

……見渡す限り、無人地帯が続いている。真空状態に突き落とされたような静けさの中、思わず達矢は足を止め、その場にへたり込んだ。張り詰めていた緊張が音を立てて崩れていく。

「ねえよ――」

鷹飛丸は跡形もなく消え去っていた。

……腐敗した魚の臭い、油の臭い、黒ずんだヘドロとどぶ水が入り交じった、なんともいえない悪臭が漂う中、秋サケの定置網漁で使われていた大型ダンベ船が、港内に打ち上げられ、骸《むくろ》と化している。

原型を失った漁船、漁師が使う軽トラック、滅茶苦茶に散乱している漁網や様々な漁具がコンクリート破片とともに港口を塞ぎながら層をなしている。

漁協の事務所があった鉄筋コンクリートの建物は基礎部を残し全て流されている。高さ二十メートルはあった製氷機も冷凍庫もない。ドック場（船揚場）などの港湾施設も余すところなく崩れ去り、あるのは鉄柱が九十度折れ曲がった鉄塔と灯台のみ。

さらに泣き面に蜂というべきか。漁具や餌を作るための重要な設備類や備品を保管している水産倉庫二棟も完全に流されている……。

その付近。津波の襲来直前まで避難指示に奔走したと思われる消防団の赤い車が水門近くでぺしゃんこに潰れている。

定置網の漁師連中が寝泊まりして毎晩大騒ぎしていた番屋も、仲間との溜まり場だった小さな定食屋も、港の周囲に軒を連ねていた漁家《ぎょか》も、なにもかも消え失せている。

達矢は鷹飛丸が元あった場所に突っ立ち、呆然と海を見ながら思った。

夢だ。これは夢ではないのか。

……津波を受けた状態のまま崩落している消波ブロック。濛々《もうもう》とした空に無数の泡の塊が飛んでいる。

波の花だ。

この現象は、海が時化たときや高波のとき、さらに気温が零度以下に限って起こり、冬の風物詩の一つとされている。

大量の植物プランクトンの死骸が荒波の力で岸壁に叩きつけられ、攪拌《かくはん》されることで有機質の泡塊となり、それが風に吹き飛ばされると、天空から白い花が咲き乱れるような荘厳たる現象となる。

つまり波の花が舞う海とは、栄養のある豊かな潮が来ているという証でもある。

しかし、こんな気色悪い濁色《だくしょく》をした波の花はいまだかつて見たことがない……。

震災の二日前、三陸一帯には津波注意報が発令されていた。

数センチ程度の潮位変動のことを浜言葉でヨダと呼ぶが、今回起きた三・一一の津波も、最初は「どうせヨダだろう」という、警戒心が薄れつつあった心理の盲点を突いたものであろうことは想像に難くない。

……遠くで激しい音がする。空には行方不明者の捜索を行っている自衛隊や米軍のヘリコプターが展開している。

＊　＊

三人の米兵がブルーシートでなにかをくるんでいました。最初、ゴミかと思いました。……遺体でした。それから警察が来てそれを引き取っていきました。

俺が生まれた家。行ったらなんにもなかった。かろうじて残っているのはコンクートの基礎部だけ。親父とおふくろの仏壇も位牌もなんにもない。おふくろが丹精込めて造った花壇もない。親父が植えたヤマツツジだけが網にぶら下がって風に揺れていました。

……もうあそこには行きたくない。なんていうのかなあ、なんの変哲もない昔の思い出だけがあるわけですよ。仲間と一緒に風呂に入ったり、チャンバラ遊びをしたり、陣取り合戦をしたり、かくれんぼしたり、両親を困らせるようなやんちゃをしたり、面倒な仕事の手伝いをやったり、兄弟で取っ組み合いのケンカをやったり。数えたらきりがないほどの思い出。そんな大事な過去が全部失われたような感覚でね、なんとも言えない寂しさだけが募るんですよ。

この地区で亡くなったのは、ほとんど漁師さん、もしくはその家族です。ある人は家を建ててたった一ヶ月。遺族に残されたのは膨大な借金だけですよ。

還ってきたクマ

震災から九日後。

地元の建設業者から大型重機を借りた達矢は、家の周囲にうずたかく盛られている大型がれきを撤去。ある程度それを終えると、果てしなく続く家の中の泥抜き作業……。

薄暮の空。ヘドロ混じりの粉塵が濛々と飛び交っている。乾ききった風が吹くたび土埃《つちぼこり》が舞い涙と鼻水が止まらない。腰をかがめ目を擦りつつ粥状《かゆじょう》の津波泥をスコップで掻き出していた折、一瞬、おやと思った。ぬかるんだ地面に小動物のような脚跡が微かに刻まれていたからだ。

タヌキでも通ったのか。

そう思いながら玄関の上がり口に戻ったとき、遠くから名前を呼ばれた気がした。いったんドアを閉めかけたが、ふと気になって振り返ると、五十メートルほど向こうから、小さな動物がぬっと姿を現した。がりがりに痩せた黒い犬だった。

斜陽が射す木ぎれの間で、あっちに行ったりこっちに来たりを繰り返している犬。

「……クマ、クマでねえの？」

重油と汚泥に全身まみれているが、紛れもなくクマだ。

「生きてたのかあ！」

変わり果てた姿のクマが左右によろけながら懸命に歩いてくる。達矢が駆け寄って抱きしめても、ヒンとも鳴きもせず、ワンとも吠えもせず、憔悴し切った様子。

「……おい！　今までどこまでほっつき歩いてたんだ！　こんな姿になっちまって！」

達矢は、小刻みに体を震わせているクマを力一杯抱きしめた。

涙が止まらない。

「クマ！　よく還ってきた！」

首輪を見てみると、留め具のフックが飴のように曲がって伸びている。電柱に繋いでいた漁網ロープの長さから想像するに、全身が海水に浸かったのは間違いない。おそらくクマは渾身の力でフックを外そうとしたのだ。だが津波の濁流に飲み込まれ、なにかの漂流物に掴まりながら流されている途中、たまたま高い場所に辿り着くことができた。それがクマの生と死を分けた瞬間に違いない。そうでなければ間違いなく溺死していたはずだ。

村役場から配給された牛乳を差し出すと、クマはごくごくと喉を鳴らしながら、一息にそれを飲み干した。

……家の中には電気が通うようになり、翌週には水道管も復旧すると村役場から通達された三月二十七日。

三陸沿岸にとって動脈にも等しい国道45号が自衛隊の復旧作業によって仮開通したことを知った達矢は、田野畑村から南へ八十キロの山田町に向かって車を走らせていた。

目的は、消息不明になったままの友人の安否を確認するためだった。

出身校が同じで二歳下の漁師仲間ゴロウ。二戸病院で五回目の手術を受ける数日前、カキやホタテの養殖で稼ぐにはどうしたらいいかなどの相談を受けていた間柄。

……車中泊に備え、車の後部には寝袋、毛布、スペアタイヤを積み込んだ。

汚泥にぬかるんだ道路には、そこここに亀裂や陥没がある。下手をすれば道の左右に積み上げられた堆積物に突っ込んでしまう恐れがある。車のスピードを十分に落とし、普段の倍以上の時間をかけて山田町の中心部、境田地区に到着した。

……果たして山田町も想像以上の苛烈な状況に置かれていた。

民家が密集しているぶん、人的被害は田野畑村を遙かに超えているに違いない。そんなことを思いながらハンドルを握っていると、崩れた岸壁のところで漁師と覚しき風貌の男がしゃがみこみ、カキ養殖に使う浮き玉を黙々と回収している姿がある。

「避難所はどこですか？」

と尋ねると、住民が避難している場所まで道案内してくれるという。

向かった先の建物の入り口には、行方不明者名簿と書かれた一枚の紙切れが貼り付けられている。ゴロウの名前は見つけることができない。少ししてからこの地域の地区長が現れ、言った。

「運が良ければ、ほかの避難所にいるかも知れねえけど、それよりまず先に、遺体安置所に行ったほうがいいべな」

遺体安置所と聞いた瞬間、両眼がひくつくのが自分でもわかった。人口密集地域の山田町の被害の大きさを肌で実感したからだった。

すでに辺りは暗くなりつつある。一縷の望みをかけて町内全ての避難所を回ってみたものの徒労に終わった。

……できるものならば直視したくないのが偽らざる思いだ。しかし達矢は意を決し、車のエンジンキーを右に回した。

最初に訪れた遺体安置所は高校の体育館。入り口のドアには、中に収容されている遺体の連番が記された大きな貼り紙がされてある。

目に飛び込んできたのは異様な光景……。整然と列をなしている幾組もの棺桶。ブルーシートの上には、ふくらんだ無数の毛布。全て遺体だった。

聞くに忍びない失望の声が、あちこちから漏れ聞こえてくる……。

達矢は係員に「どうぞ」と促されるまま手垢で汚れたアルバムを手に取り、恐る恐るページをめくっていく。

身元が判明している遺体には氏名と性別が明記されているが、原型を留めないほど痛んでいる遺体にはナンバー、もしくは「？」のマーク、性別、おおよその年齢、収容時の着衣が記入され、顔写真が添付されている。

ゴロウが被災したとき、どんな服を着ていたのか、肝心なことが達矢にはわからない。傍に立つ若い警察官にどうすればいいかと遠慮がちに尋ねると、「じゃあ、直接顔を見て確認してください」と言う。

達矢は覚悟を決めた。両手を合わせながら一枚、一枚、と薄皮を剥ぐように毛布を剥がしていく。

まんじりともできぬまま車中で夜を過ごし、翌日朝から町役場の災害本部、残り三ヶ所の遺体安置所を回った。そこでも全ての遺体を確認したが、探していたゴロウの遺体は発見することはできなかった。

＊＊

漁師のゴロウは、新日鉄釜石を辞めたあと、実家の仕事を継いでカキ養殖をやっていました。俺の手術が終わって退院したらすぐに会おうなと約束していたんです。高校の後輩だったし、たとえ津波で流されたとしても、這いつくばってどこかで生きているんじゃないかって……。でも、いくら避難所で探してもゴロウの名前が見つからない。そうなってしまうと、向かう先は遺体安置所しかないわけです。

……数え切れないほど一面びっしりですよ、遺体が。棺桶の用意も間に合っていないから、収まりきれない遺体はシートでくるまれた状態で転がされていました。……全部めくりました。特徴が似ているなあと思っても、やっぱり違う。中にはひどい怪我を負っている遺体もある。溺死して流されている間、がれきに当たって傷ついたからだと思います。

寒流が南下する三月は、一年のうちもっとも水温が低い時期で、当日の海水温は四度くらいでしょう。遺体ははむごたらしいほど真っ赤に腫れ上がっていました。冷たい水に長時間浸かっていれば、誰だってそうなります。

腐臭は感じなかったけど、そのときの感覚として頭の中にこびりついているのは、体育館の中に漂う線香の匂い。それがなんともいえない複雑な匂いなんですよ。今でもお盆の時期に線香の匂いを嗅ぐと、そのときの様子が鮮明に浮かんできて、なんだか息苦しくなってくるんです。

誰のための報道

加入組合員数四百世帯の田野畑村漁業組合は、いまだ再建の見込みは立っておらず、すでに百世帯の漁師が廃業を決めている。

せめて動くサッパ船でも手に入れば磯漁程度ならば続行は可能なのだが……。生き残った村の漁師たちは皆、歯ぎしりするような思いで日々の生活を送っていた。

漁協の幹部曰く、取りまとめる立場の岩手県漁連が新造サッパ船を水産庁に一括発注し、被災した各漁協に配分する計画を進めているという。これを受けた田野畑村漁協は、百隻の手配をすでに県漁連に求めているが、宮古、釜石、大船渡にあった造船所は全て津波でやられている事情によって、発注から引き渡しまで四〜五年はかかるらしい……。

つまり、今すぐに新造サッパ船の予約注文を入れたとしても、実際に手に入るのは数年先となってしまうのだ。

この情報を聞き及んだ達矢は逡巡していた。

県漁連に注文した場合、サッパ船と船外機込みの値段で百三十万円。それに加えて漁具購入にかかる費用も必要になる。仮に北海道や日本海で中古船を自力で探し出し、出物が見つかったとしても、運搬費、さらに修繕費を含めれば、新造船を造る金額と変わらなくなってしまう。

なにしろ震災前ならば掃いて捨てていたようなポンコツ船でも、震災後は四百～五百万円の売値が付けられているのだから世も末だ。需要を先読みした専門ブローカーが素早く市場に入り込んだことで、中古船の底値が一気に跳ね上がったためだった。

田野畑村の漁船四百六十隻あったうち、無事に残ったのはたった十二隻。沖出しして難を逃れた以外、全て津波に飲まれている。

臨時に設けられた漁協事務所は、避難所に隣接している仮設小屋の中にある。

部屋に入るなり声をかけてきたのは、口髭をぼうぼうに伸ばしているタケシ。歳は一つ下だが、若い頃、達矢が漁師として独り立ちするとき、なんやかやと面倒を見てくれた男だ。

「お、鷹飛丸！」

達矢とは幼なじみのタケシは万能タイプの漁師。養殖わかめもかご網もアワビ採りもやる器用さを併せ持ち、とくにサケ延縄漁をやらせたら県内では文句なしにトップの腕だろう。

地震が起きた刻、沖で操業していたタケシは、寄せてくる津波を必死に乗り越えながら自分の船を守りきったそうだ。今は久慈漁港に運び込んで係留させてもらっているというが、持ち家や水産倉庫、そこにあった漁具は全て流されている。

タケシは口を尖らせながらまくし立てる。

「まあお互い命あっての物種だ。そう思うしかなかべ。でないとやってられねえ。それにしてもよ、沖から観る津波はすごかったなあ。沿岸が波で真っ白、いや真っ黒だあ。そのときに家は完全にやられたと思ったねえ。まあなんとか船は助かったから御の字だあ」

一気に喋りきったタケシだが、急に苦み走った表情を浮かべる。

「……そっか、鷹飛丸は流されちまったんだよな」

「エンジンを載せ替えたばかりだったんですがねえ」

タケシは下を向いている。

「おまえの気性じゃ、無茶してでも、どうやってでも沖に船出したべな」

「……間違いないすね」

二人は無言……。すっかり神妙な面持ちになってしまったタケシは、自分のことより先に他人のことを思いやれる優しい男なのだった。

タケシから聞いた話によれば、村役場から業務委託された地元の土建会社が被災者の中から日雇いで働ける人間をかき集め、漁港のがれき撤去が開始されたという。漁協組合員を中心に約百人が参加したらしい。

「申し訳ない」

そう達矢は絞り出すような声で言った。皆と同じ気持ちで復興のための作業現場に馳せ参じたい気持ちは山々だが、まともに動かないこの足では如何《いかん》ともし難い。

避難所の動向が気になっていた達矢は、それから段ボール紙で仕切られたタケシの部屋に入れてもらい、しばし談笑。

すえた匂いがする煎餅布団の上に座り、なにげなく壁際のほうに視線を送りやると、とうに八十は超えているだろう痩せた老人が体を投げ出すように横臥《おうが》している。

あきらかに血色が悪い……。片方の鼻に血のついたティッシュが突っ込まれているのも気になった。

老人の近況について周囲の者に尋ねてみると、震災前は長い間独居生活をしており、上京したまま帰ってこない家族や親戚とは音信不通だという。

やがて老人は大いびきをかき始めた。ただでさえ医療過疎の村。保健師も役場職員も常駐していない。達矢は大きな声で叫んだ。

「救急車さ呼んでください！」

いびきは次第に弱々しくなり、やがて聞こえなくなった。

——この頃、田野畑村にもたくさんの報道陣が入っていた。

むろん達矢だって直接マイクを向けられれば、求められるがまま取材に応じてはいた。政府の対応に対して不満足なことが山ほどあったし、被災地の生の声を全国に発信する意味でも重要な機会だと思ったからだ。

「あなたが一番訴えたいことはなんですか?」

こう訊かれたとき、達矢は開口一番こう答えた。

「全ての対応が遅れていますよ。緊急を要するはずなのに国会議員さんはまるで足の引っ張り合い合戦だ。我々素人から見ても党利党略ばかりじゃないですか。こんな非常時だからこそ与野党一丸となって欲しいんです」

NHKの腕章を付けた記者は目をぱちくりさせ、曖昧に相槌を打つのみ。達矢はさらに語気を強めた。

「被災地に対する具体的な支援策がなんら示されていない。お偉いさんがいくら視察に訪れても、県の上層部にヒアリングしているだけではだめです。ぜひ、こちら側に下りて来てください。そして我々民間人の本音を聞いてください」

案の定、放送で使われることはなかった。

それはいい。一番困るのは前向き風に勝手に編集され、許可なしに放送されてしまうことだ。みんなで力を合わせて頑張ろうという姿勢そのものにケチをつけるつもりは毛頭ない。が、すでに復興が進んでいる一部の地域を除き、多くの被災地は復興にはほど遠く、被災者は前向きな気持ちになれるほど心のゆとりがない。

ろくに被災地に足を運ばず、遠隔操作で取材してくるメディアもいる。「新聞に載せますから原稿を送ってください」「メールで現地の写真を送ってください」と顔も合わせていないのに平気で求めてくる類《たぐい》。

あまつさえ、こんなことも平気で尋ねてくる輩もいる。

「東北の方々は本当に忍耐強く、よく辛抱していらっしゃいますね。どうしてですか？」

端でそれを聞いていたとき、本当はどやしつけてやりたかった。確かに東北人は無口で我慢強い。だからといってなんなのだ。被災者全員の生活や尊厳が著しく毀損《きそん》されている今、我慢強いだとか、そんな陳腐な表現で片付けて欲しくない。

例えば、こんな光景に出くわしたことがある。避難所でだ。

「復興している？　とんでもねえ！　その言葉を使えるのは被災地でもごくごく一部ですよ。ちゃんと見ろよ。これが現実だ！」

地元の高校を卒えてからすぐ漁師になった、この村では珍しく年若の男だ。

ふむふむと神妙に頷いている記者が、「今、最も必要なものはなんですか？」と次の言葉を継ごうとする。若い漁師は、「ぶっちゃけ金だべ！　いや余計なお世話だよ！　もう静かにしといてくれ！　ほっといてくれ！」と怒気を含んだ強い口調で言下に言い放った。

記者は口をあんぐりさせていたが、言いたいことを言って落ち着いたのか、若い漁師は静かに言葉を続けた。

「……支援や応援をしてくれるのは、すんげえありがたいです。けど、こっちに合わせた支援をしてくれるのは嬉しいですけど、支援をしてやるっていうスタンスで一方的に来られると逆に疲れてしまうんです。東北人っていうのはね、本当は思ってなくても、ありがとうって言ってしまう質《たち》なんですよ。俺たちの心の傷がわかりますか？　みんな身近な人間を亡くしている。それは友人であり、息子であり、娘であり、孫であり、伴侶であり、ここにいるみんな血の涙を流しているんです。いろんな思いがあるんですよ」

彼の家族は全員津波で流されていた。

＊＊

都合のいい部分だけカメラのフレームに入れて、仮設市場がオープンしましたよとか、魚市場が復旧しましたよとか、テレビの被災地報道なんて、そんなのばかりです。カメラをちょいと横に振れば、がれきの山が一面に残っているわけですよ。全てではないでしょうけど多くのテレビ屋さんは、復興ムードをかき立てるようなストーリーを事前に描いてくるわけです。

それは取材する側の立場としては仕方ないとは思うんですけど、でも現場に来て、実際にここで起きていることで違うなと思うことがあれば変更するべきですよ。だから俺は「こっちの本音を伝えることできますか？　そうじゃないと取材は受けません」って、取材に来られた人に対してあらかじめ言うことにしたんです。それができないならほかを当たってくれって。

でも、だいたいのメディアはごまかすんです。被災地の現状を伝えたいと本気で話しても、勝手に作り替えられて放送されたら、こっちだってたまりませんよ。なんのために　誰のために報道しているのかってことですよ。

かつて起きたこと

田野畑村が原発建設の候補地として挙げられたのは一九八一年。達矢が二十四歳のときだ。岩手県の電力自給率は三十二パーセント。原発が一基もないことから「電力エネルギーの後進県」と呼ばれていた。

地域経済の持続的発展を図るべく、当時の県知事が自ら原発誘致活動を行った結果、自民党政権と日本原燃によって、原発立地の有力候補地として白羽の矢が立てられたのが田野畑村。測量やボーリング調査が粛々と開始され、電力会社の広報誌が全村の家庭に配られた。

原子力発電所は安全です。危険性は全くありません。都会は土地代が高いからあえて僻地を選んだのです。

という内容。全村民向けの説明会が行われたとき、達矢もその場に座っていた。そもそも原発とはなにか。地域に根ざしたメリットがあるのか、ないのか、その基礎知識さえ誰も持ち合わせていなかった村であった。

関係者によってひな形どおりの説明が延々となされ、最後に設けられた質疑応答の時間では、明らかにサクラと覚しき見知らぬ風体の男が、演説まがいの口調で突然こう語り出したのだ。

「皆さん、アメリカのスリーマイル島の原発事故や敦賀原発の放射線漏れ事故は過去のもので、今は安全です。将来の電力不足を補うために、原発は絶対に必要です。おまけに漁業補償金の名目で億単位の交付金が村に落ちます。皆さん、これはチャンスです！　このままでは村の人口は減るばかりですよ！」

と口角泡を飛ばして喧伝《けんでん》する。それは明らかに質問者の態度ではなかった。

確かに有為転変《ういてんぺん》は人の世の理《ことわり》。電気の時代を迎えるにあたり、原発が建てば余所の地域から人が来る。新しい働き場所が増える。村経済も活性化し、大きな病院や学校だってできる。子どもが喜びそうな遊び場や可愛い女の子がいる飲み屋街も、じゃんじゃんできる、かもしれない。

だが、村民は猛烈に抗《あらが》った。

「いくら安全だとあんたたちから言われても、数十年後にどんな影響が出てくるか、誰にもわかりゃあしねえ」

「美しい自然が汚され、壊される。万が一、死者が出るような事故が起きれば、村はおしまいだ。あえて火中の栗を拾う必要がどこにあんだ」

「原発の怖さもそうだが、それ以上に、大金によって村が補助金漬けにされ、惰眠化してしまうほうが、おらにはよっぽど怖え」

「田野畑村の特性とはなにかを考えてみろや！　三陸沖は世界有数の漁場じゃないか！」

その後、全村民による署名運動がなされた。原発誘致反対の意見書が村役場へ提出され、田野畑村村長はそれを受諾。原発立地の指定を除外された。

＊　＊

岩手県に原発は一基もありません。青森県の六ヶ所村が決まる前から田野畑村にはプルサーマル計画が進んでいて、そのとき俺も本気で反対運動に参加しました。目の前の餅よりも将来のために自然を残そうという先人の選択は原発拒否の答えだったんです。

だから俺は彼らの手口を知っています。保安院職員や日本原燃の連中がぞろぞろ来て、説明会でサクラを使って、どうでもいいことばかり質問するんです。最終的には、それまで反対していた漁師さんが次々と一本釣りにかかりますから。大金の札束でペンペンするやりかた。陰で懐柔されたら、誰だってぐらつきますよ。

多額の交付金が配られたという六ヶ所村の漁港に行ってみたらいいですよ。凄いもんですよ。最新の設備を備えたイカ釣り漁船が軒並み並んでいる。ひなびた田舎にはそぐわないゴージャスな文化センター。海べりの家々はまるでお城か御殿のようです。だから俺は、原子力が安いなんて絶対に嘘だって思うんです。

公平に非ず

……四月も下旬になったというのに、避難所には二十センチ以上の積雪。被災地の暮らしぶりはなんら進展がないまま、怠惰な時間だけがただ流れていく。

達矢は身の回りの片付けに没頭していた。

震災前、倉庫に仕舞っておいたかご網やロープ類は、がれきの中から一部回収することができた。だが、いかんせん劣化が激しく、ほとんど使い物にならない。

なにはともあれ、今置かれた状況では全てが貴重な財であることには変わりはない。金属性のかご網には耐腐食性の塗装が施されているものの、粘度が強く細かい粒子の津波泥には敵《かな》わない。あっという間に錆びついてしまうため、なるべく早いうちに徹底的に洗浄しなければならない。

真水で洗浄し終わったかご網やロープ類は、裏山の中腹に所有している畑の一角に陰干ししておくことにした。

長い間放置していた畑はすっかり荒れ果てていた。夥《おびただ》しく群生している雑草の草刈り作業をしながら、達矢は自分の運命《さだめ》を激しく呪っていた。

……悔いても悔やみきれないことがある。

鷹飛丸のエンジンを震災の二年前に載せ替え、多額の借金を作ったことだった。二〇〇九年、家の隣に建てた作業小屋の借金も。

さらにツキがないことは、今年の四月のタコ漁に合わせるため、震災の二ヶ月前に新品のかご網を八百個購入し、漁港の近くに設けた自前の水産倉庫に保管していたことだ。かご網一個につき四千二百円。それが八百個だと、単純計算でも三百三十六万円。それをただの一度も使わぬまま、全部津波で流されてしまったことになる。

しかしこの期に及んでしまえば躊躇している場合ではない。一刻も早く新しい船を探さなくてはならない。達矢は葛藤を抱えたまま、船外機込みの値段で百三十万円のサッパ船を予約注文した。

このご時世だ。そんな小さな船だけでコツコツやっても借金完済は不可能だ。

一番稼げるミズダコ漁に復帰するには、これとは別に三トン以上五トン未満のキール船（竜骨といわれる構造材が船底に組み込まれた船）が必要だ。旧式であろうが譲渡船であろうが構わないが、遠方で購入し陸送するとさらに最低三百万円。よくあるケースだが、壊れて使い物にならない船に当たってしまうと、処分するだけで一トンあたり約三十万円、五トンクラスの船ならば百五十万円。

従って、船ならなんでもいいというわけにはいかない。

いちかばちかで新造船を購入する手もあるにはある。平時ならば発注してから十ヶ月程度で船は完成するはずだが、震災特需の影響を鑑みて、発注後早くても五年はかかるといわれているから。

さらにエンジン、ラインホーラー、漁具、機器類。詳細なメンテナンスや修理が必要なら専門の機械屋、船大工、鉄工所にも頼まなければならない。

これらをひっくるめて考えると、今年の秋漁に間に合わせるためには、遅くとも九月上旬までには、なんとしてでも自分の船を手に入れる算段をつけたいのだ……。


山の緑が色濃くなり、ヤマブキの花は満開になっている。

震災からはや二ヶ月。村のライフラインはほぼ復旧している。

待望の仮設住宅が田野畑高校の校庭内に完成、八十世帯の入居が開始された。しかし引き続き百四十世帯分が予定されている残り二ヶ所の仮設住宅の建設は、建築資材の不足によって一連の工事が大幅に遅れている。

——ないものねだりを承知で告白するが、こうなってみてつくづく不公平だと思う。

第一次産業という同じ括りのなかでの農業や林業、そして共同作業で行う沿岸漁業——養殖業者や定置網業者などの大規模な漁業経営体に対しては、国による手厚い保護策が確立されている。

……いわゆる漁船漁業にも大きく二つがある。集団的にサバやサンマなどを漁獲する〈大きな漁業経営体〉と、達矢のような個人漁師が行っている〈小さな漁業経営体〉だ。

漁協管理の下で行われている定置網漁、大型船を駆使する沖合漁業や遠洋漁業、また養殖漁業のような漁業経営体とは違い、個人漁師や小規模零細の漁業経営体は漁協の融資制度を受けられることができるだけで、国からの援助はほとんどない。親の代からずっとそうだったし、それが当然だと思ってやってきた。

……案の定、五月二日に成立した政府による復興支援策——第一次補正予算は、大きな漁業経営体や漁協を保護することを念頭に置いたものだった。

具体的な支援策は、漁港関連施設や養殖施設のインフラ整備、水産加工施設の整備などに充てられている。また漁業を再開するための漁船や漁具の購入費に対する補助は「共同経営」「共同利用」に絞られている。例えば以下のようなものだ。

○漁協、漁連の方へ。経営の再建に必要となる設備資金、運転資金等が無利子、無担保、無保証人で借りられます。

○漁業者の方で五人以上のグループをつくり、漁場のがれきなどの回収作業を行うと、一人一日一万二千百円の労賃や一隻一日二万一千円の船舶代が助成されます。

○平成二十四年春のサケ、マス稚魚の放流をできるようにするため、緊急対策として、仮設の魚止め装置、飼育池の整備などを支援します。
○漁業者の皆さんが共同利用する漁船や定置網の導入を支援します。個人で漁船の取得が難しい場合でも共同利用漁船を使って漁業を再開できます。
○個人で所有されている養殖施設の復旧を支援します。対象は二割以上の施設が被災した又は合計二千万円超の被害を受けた市町村にある施設です。
○航路や泊地のがれき撤去などの漁港復旧事業（国補助）には事前査定が必要ですが、緊急のものは査定前に応急工事が可能です。

これらの支援策は、国から各漁連、そして各漁協の支部へと伝えられる。むろん個人漁師の利用も可能といえば可能だ。ただし「五人以上の集合体で一隻分の補助」の条件が定められており、ハナから判断材料に含んでいないのだ。

とにもかくにも、この第一次補正予算によって新たに創立された施策──「共同利用漁船等復旧支援対策事業」に則り、各漁協は小型漁船確保に向けて活発に動き始めた。

漁船や漁網については、三分の一を自己負担することを条件に、三分の一を国が、三分の一を県が負担することにより、申請した組合員のほぼ全員が恩恵を受けることができる。つまり漁師は三分の一の自己負担で船を取得できるが、あくまでそれは漁協の所有物であり、漁師は利用料を支払い、それを借り受けるという立場。

全百十一漁港のうち百八港が被災した岩手県は、他県よりも動きが早かった。六月の議会において、県独自の補助事業が発表され、共同利用漁船の取得を申請する組合員が続出した。

申請件数が予定を遙かに上回ったため、申請額が当初計画した年間予算をオーバーする事態に陥った県は、補助金が公平に行き届くよう、補助対象のメニューの一つになっていた漁船の艤装《ぎそう》に関する取り決めを強化、かかった費用の三分の二までを上限に県が負担するとした。

艤装とはなにかだが、例えば、素人目には同じように見える船体や漁法も細部に至れば千差万別。仮に百人の漁師がいれば、百とおりの漁法があって、一人ひとりが工夫を凝らして独自の専用設備や特殊な仕掛けを入念に張り巡らせている。これは企業秘密といっていい。標準仕様から特殊加工を施す、いわばカスタマイズのこと。

いくら仲の良い漁師同士でも、五人以上が突然呉越同舟《ごえつどうしゅう》で標準仕様の借船を効率よく分有するなんざ、少なくともこの村の常識では考えも及ばないし、仮に操業が成ったとしても配分は五等分にしかならない。まともな商売になろうはずがない——。

この村には、昭和八年の昭和三陸地震津波のあとに建てられた仮設住宅に住み続けている、じいさんやばあさんがたくさんいます。高校生だった俺は、仲間たちとその前を通るたび、仮設住宅とは呼ばずに、バラックと呼んでいました。可哀想だなあと思ってはいましたけど、今思い返せば恥ずべきことですが、差別めいた意識は正直あったと思います。事実、バラックから通学している同級生はそういう扱いを受けていましたし、いじめもありました。

昔から漁師が多い村ですから、津波のたびに漁師が亡くなっている。彼らの息子たちは、成長しても高校に通う金の余裕なんてないんです。家族や親戚を支えるため、他県の大きな港の大きな船に乗って出稼ぎするしかない。景気自体は良かったから、死に物狂いで働いて自分の家を建てた立派な若者もいました。でも今回の大津波が来て、家を滅茶滅茶にやられて、また仮設暮らしに逆戻りです。哀れですよ。

＊　＊

……国の復興支援策に頼りきってはだめだ。他力本願ではなく自力で漁師復活するためには、漁協とは一歩距離を置いた活動も視野に入れて考えるべきではないか。

そう考えた達矢は自ら発起人となり、任意団体を立ち上げた。この呼びかけに対し、集まったメンバーは磯物漁、刺し網漁、かご網漁、イカ釣り漁を生業とする村北部在住の個人漁師十一名。現今の課題を話し合う会合を開きながら、メンバー全員の中古漁船の取得に向けて全力を挙げていくことを目的とした会だ。

初会合の冒頭、達矢はメンバーに訴えた。

「このままじゃ明日の生活もままならない。自ら行動を起こさなくては本当に路頭に迷ってしまう。せっかく拾った命。生きる道を自分たちで模索しようじゃありませんか。水産庁の施策には僕ら個人漁師に対する復興支援策はどこを探してもありません。しかし水産庁の傘下にある漁協を敵に回してしまえば漁師は生きてはいけない。どうすればいいか。そんなことを皆で話し合いましょう。辛さを分かち合うだけでもいい。雑談でもいい。ガス抜きでもいい。とにかく話し合いましょう」

その場では、当座の金が稼げるウニ漁やアワビ漁が漁協の方針で今年度見送られたことに対する疑問、中古漁船の必要性と中古市場の情勢、漁協経営の定置網の復旧状況、などが話し合われた。そしてメンバーの提案からインターネット動画共有サービスを使って全国にメッセージを送り届けることになった。

皆さん、被災地は全く復興していません。どうかお願いです。現場の声に耳を傾けてください。不自由な仮設住宅や避難所暮らしをしている人が大勢います。そのことを忘れないで欲しいのです。これまで阪神大震災や新潟中越地震などのときもそうでしたが、仮設住宅にいられるのは二年以内と決められていました。しかし、今回は被害が甚大で広範囲であることから三年になったようです。僕が不思議に思っているのは、どのような根拠があって、そのような期間が決められるのか、その根拠となるものがわかりません。被災者は出口の見えない、希望の見えない暗黒の中に立ちすくんでいます。明日が見えないのです。これが被災地の本音であり、願いであり、叫びです。皆さん、メディアの報道はきれいごとばかりです。被災地は全然復興などしていません。

これに伴い、達矢は仲買人の権利を取得する。その権利さえ持っていれば、魚市場のセリに参加でき、定置網で捕ってきた魚を浜値で買うことができる。

過去を振り返れば、新人漁師だった頃、「三陸産の近海ものが食べたい」という知人の求めに応じ、サッパ船で捕ってきた新鮮な海の幸を不定期ながら送り続けていた経験がある。

そのときを思い出しつつ、任意団体への義援金を集めるための母体——産地直販サイトを、知人の制作協力を受けて新規に立ち上げた。

「一万円を寄付してください。そのお礼として五千円ぶんの鮮魚の箱詰めセットを送ります」

船がない漁師は陸に上がったカッパと同じ……。メンバー全員の漁船購入の資金を獲得するため、今できることはなんでもやろうの精神のもと、達矢は知人のつてを頼りながら他県の民間NPO法人に赴き、直接的な支援を訴えた。忌避《きひ》していたメディア取材にも求められれば積極的に応じた。

するとどうだろう。サイトを立ち上げてから一ヶ月も経たぬうちに問い合わせや注文が集まり出し、カッパ、ズボン、救命胴衣などの支援物資のほか、のべ六百人からの義援金が届けられたのだ。

それを元金に、任意団体のメンバーらは日本海方面で車中泊をしながら中古船探しに奔走、形や大きさは本来の意図とは異なるものの、ようやく使える程度の中古サッパ船を二艘入手することができた。

心の底から人の情けがありがたかった。

朝は一人で魚市場に魚を仕入れに行く。それから息つく暇もなく梱包作業をしてから仮設の郵便局に持ち込んでの発送作業、家に帰ってからも夜遅くまで翌日の下準備。どれだけ頑張っても一日あたり五十人分がやっと。

……進めていくうちに大きな課題にぶつかった。鮮魚を詰める際に欠かせない発泡スチロール、氷などの原価が震災前に比べて高すぎるのだ。しかし注文してくれた人の期待に応えるためには、商品価値を下げるわけにはいかない。そうこう考えていると、送り賃や梱包代を含め、肝心の利益は雀の涙になってしまう……。

六月。県と岩手県水産技術総合センターが地元ダイバーを使って実施した海底調査の結果を受け、田野畑村漁協はこの年のアワビ採取漁の自粛を決定した。

理由は、岩盤への吸着力が弱い稚貝の個体数が九割以上死滅した可能性が高いこと。アワビもウニも卵からふ化するが、採取できる大きさになるには最低でも五～七年以上は必要で、わずかに残った産卵可能な親アワビを採り尽くしてしまえば、今後個体数が先細りになることは必然だと考えられたからだった。

同月、田野畑村では震災後初となる天然わかめの共同採取が行われた。

田野畑村のわかめ漁は、船一艘につき漁師一人で収穫する操業形態が一般的だが、このときばかりは別。仮設暮らしをしている漁師たちが大挙して集まった。彼らにとっては未経験の共同作業であったが終始和気あいあい。シーズン終盤としてはまずまずで、二十三トンの水揚げを二日間で達成した。

二〇一一年七月二十五日。第二次補正予算成立。このときの補助メニューは、共同利用施設の復旧支援事業に特化したもの。

同じ月、田野畑村の仮設住宅が全て完成し、これに伴い避難所は閉鎖された。

梅雨明け前にもかかわらず、三陸沿岸一帯ではぐんぐんと気温が上昇。三十度を越える猛暑日が続いていた。

クマは、あまりの暑さにハアハアと舌を出しながらノックダウン。ホースで冷水をぶっかけてやると大喜びしながら地面をのたうちまわっている……。


本来であれば、この季節はウニ漁の盛漁期。

漁協が行った海底調査によれば、小粒のウニは全て津波で沖に流されてしまい、親ウニしか残っていないという。資源保護の観点に則り、ウニ漁も全面中止と決まった。

……コンクリート残骸の取り壊し作業が続いていた地区一帯は、地元土建会社のパワーショベルカーやダンプカーが投入されたことにより、大型がれきの撤去作業は概ね終了。周囲は雑草ばかりが生い茂る広漠《こうばく》の更地と化している。


――そんな折だ。偶然、東京在住の男から一通のメールが届いたのは。

僕の船は「白熊丸《しろくま》」といいます。クマくんを乗せて海を走る鷹飛丸を見てみたい。同じクマ。

これも縁です。僕の船でよかったら使いませんか？

差出人は金属加工会社のオーナー社長。

急ぎ携帯電話から電話し、ことの真意を本人に確かめたところ、一九七八年に進水した「白熊丸」（四・九トン）は、長い間プレジャーボートとして使用していたが、現役を退いて以降、東京湾の湾奥部——蒲田の船宿に留め置いたままにしており、そっくりそのまま寄贈したいということだった。

聞いた当初、正直なところ半信半疑だった……。が、よくよくオーナー社長の話を聞いてみれば、そもそものきっかけは、二〇〇九年に放送されたフジテレビ「きょうのわんこ」を見たことだという。そして過日、震災関連のウェブサイトをなにげなく閲覧していたところ、任意団体のサイトから達矢の近況を詳しく知り、居ても立ってもいられずメールを送信したという。

……なんという巡り合わせだろう。誠実な人柄を思わせるオーナー社長の落ち着いた声を聞きながら、達矢はわなわなと打ち震えていた。

オーナー社長は言った。

「あれは愛着のある船なんです。だから機能不全に陥らないよう、今でも週に一回はエンジンを回しています。愛する娘を嫁にやるような心境なんですが、東北復興支援の力になればと思って達矢さんに連絡した次第です」

真摯な態度から相手の真心がしみじみと伝わってきた。その言葉に嘘はない。達矢はそう思った。

「本当によろしいんですか？」

はやる気持ちを隠しきれず、つい念押しするような口調になってしまうと、受話口の向こうからプッと吹き出す息が聞こえた。

「あっはっは。クマくんが白熊丸の舳先に立ったら、さぞかしカッコイイだろうな。単純にそう思っただけですよ」

……その言葉を聞いた途端、目頭がカーと熱くなり、堰を切ったように達矢は慟哭《どうこく》した。

「このご恩は……一生忘れません」

また一歩踏み出せる！　漁師として生きられる！　それが実感となって迫ってきたのだった。

傍には穏やかな表情のクマ。

「ありがとう。クマのおかげだ！」

電話を切り終わったあと、達矢はクマを力一杯抱きしめた。

「おまえは奇跡の犬だ」

クマは喉を鳴らし、もだえるように甘えた。

勝負

一口に漁船の寄贈といっても、同じ村内に住む漁師仲間同士でやるような名義変更とはレベルが違う。

ようするに簡単ではない。

プレジャーボート登録から漁船として再登録し直すのはもちろん、日本きっての限定海域――巨大タンカーが四六時中行き交う東京湾一円から脱け出すには、プロの回航士の手を借りるよう規定で定められており、さらに湾を脱けたあとは田野畑村までの二百三十海里を海路で北上しなくてはならない。

善は急げという。白熊丸を運ぶ日程は八月の四～五日と決まった。オーナー社長は、白熊丸のエンジンやスクリューのメンテナンス、船内に積んだままの釣り道具一式の撤去、船舶臨時検査の手続きなど、諸々の下準備を済ませておいてくれるという。

それまでに受け入れ態勢も万全に整えておかなくてはならない。

前述の如く、今の白熊丸のままでは漁船として使用できない。田野畑村まで運び終えてから、三陸仕様の艤装《ぎそう》を施す必要がある。白熊丸に装備されている釣り用のベンチ、簡易トイレ、マスト、なんやかやの小物も含め撤去し、損傷や老朽化した部分を交換したうえで、漁に使う特殊機械や計器類などの一切合切を設置する改造工事が必要だ。

「今のうちに申請すれば、来年の補助金制度で支援金が出るかもしれない」

先日、ある漁協幹部からこんな話を聞いたばかりだった。

申請の締め切り日まで五日間。ぐずぐずしている暇はない。白熊丸の詳細な現状装備をオーナー社長に聞き取り直し、追加で必要になる漁具や機器類を計算したうえで、総額でいくら必要かを専門業者に見積もってもらうことにした。

加工費は概算で一千二百〜一千八百万円。加えて太平洋の荒波にも耐えられる高出力のエンジン、GPS、レーダー、魚群探知機、ラインホーラー、電気周りの整備で六百五十万円……。

さらに津波によって海の藻屑と消えた第八鷹飛丸のエンジンの残債務、新築した作業小屋の残債務、流失した漁具の買い増し費用など諸々を含めると、とてつもない借金となる。

つまり、漁協に預けている内部留保を切り崩すのを前提としても、借金の上に借金を重ねるということは、階段式に二重債務者となるわけで、下手をすれば無限地獄に陥る可能性がある。

……それでも、被災前の借金を完済する意味においても、自分がもっとも得意とする漁法で勝負するしか術はない。そのためには白熊丸はどうしても必要だった。

そこで達矢は漁協に融資を申し込んだ。

五年単位で契約を結ぶ、いわゆる「五年縛り」。その間、解約をすれば違約金がかかってしまう。もし利益を生めずに船の維持が困難になった場合でも契約期間内は転売することが許されない。むろん登録上の名義は達矢の個人所有としてではなく、漁協が所有する共同利用船となる。

達矢は、白熊丸の大改造計画に備え、知人の機械屋、計器類屋、鉄工所、船大工など、マリン関係を扱う専門業者とのスケジュール調整を開始。なにしろ震災以降彼らも多忙を極めている。大型定置網漁で使われていた大型ダンベ船などの修理案件が重なっているほか、養殖わかめの採取が再開されてからはなおさら、さらには津波泥の影響で船舶の故障が相次いで寄せられているからだった。

細かな技術が要求される特別注文になってしまうと、どうしても後ろ回しにされてしまうのだ。

この頃、達矢のメールアカウントには、見知らぬ者からこのような誹謗中傷の内容が寄せられるようになっていた。

「消費税が上がったのは、お前らが国家の金を贅沢に使っているせいだ。被災者のくせに好き勝手なことを言うな」

「復興が進んでいない？　いい加減な嘘を言うな。国の補助金をジャブジャブ使っているくせに」

「放射能で汚れたお前たちは日本にいる資格はない。国家における負の産物だ。出て行け」

「被災者は金を食う虫だ。国民全体が苦しいのだ。お前たちだけではない」

突堤が百メートル以上にわたって崩壊している地元漁港では、いまだドック場が再建しておらず、ようやくダイナマイトの発破作業が始まったばかり。わずかに残されている停泊可能の個所も、震災時に沖出しして助かった数隻の船と、がれき撤去のための大型サルベージ船で満杯。重機の爪では掴《つか》みきれない巨大ながれきが相も変わらず湾の側道を塞《ふさ》いでいる。近隣の船着き場も、めいめいが勝手に占領してしまい、すでに河川まで埋め尽くされている。

白熊丸を回航してくる前に一時的にでもいい。なんとしてでもドックできる場所を見つけ出さねばならない。

そこで、はたと思いついたのが宮古漁港。

日用雑貨を扱っていた村内の店舗は津波で流されているため、ちょっとした買い物でも、わざわざ宮古市まで行く必要がある。

妻の用事に付き合ったついでに漁港まで足を伸ばしてみることにした。

「どんな工事をしているんですか？」ぐるり港内を一周してから、復興工事に携わっている作業員にこう尋ねてみると、

「岸壁の高さが三十二センチも地盤沈下してるんだ。全体が沈んでいるから見た目はわからねえけど、実際に測量してみると三陸沿岸がそのまんま沈下している。島も山の頂上も全部ズッと下

がってるんだ」

という返事が返ってくる。

田野畑村でも似たような現象が起きていた。以前ならば十メートルを超すような大時化や、低気圧と満潮が重なる以外、岸壁まで海水が上がってくることはなかったが、今はちょびっと程度の時化でも、あっという間に港内全体に水が溢れかえっている。

作業員はさらに言葉を継ぐ。

「これは液状化とかそういう問題でないね。三陸沿岸の地盤が太平洋側さ引きずられて、東日本全体の地盤が下がったとしか考えられねえ。とんでもない大工事になるよ」

……状況は厳しい。少なくとも余所者の船を係留できる余裕はないだろう。ここに来るには田野畑村から車で一時間。のちのちの利便性を考えれば、ほかの候補地を考えたほうが良さそうだ。

次なる候補地は、田野畑村から約十二キロ、北隣の普代村。

南東の方角を向いている普代村の海岸線は、外洋に面していることは田野畑村と同じだ。しかし津波の直撃を受けた田野畑村とは違って、黒崎岬の北側に隠れるように位置する普代村の被害は比較的軽度で済んでいる。津波が押し寄せてきたときに沖出しして助かった小型船は、すでに五月から操業を開始、タコ漁やイカ漁は豊漁が続き、競争率が下がった魚市場では高値で取引されている。

こうなったら藁《わら》にもすがる思いとばかりに、日頃から懇意にしている漁業専門の機械屋に相談

を持ちかけた。すると、

「そういう事情ならば、工場の前に空いている桟橋がありますから、そこさ使えばいいですよ」

なんと二つ返事で了承してくれたのだ。

その足で普代村漁協の了承も得、白熊丸は普代村の太田名部《おおたなべ》漁港に回航することに決定した。八月一日。達矢は満を持して上京、その日のうちにオーナー社長と白熊丸と初顔合わせ。翌二日、回航士とともに出港。三日、無事に東京湾を脱出した。ありがたいことに回航士も岩手県まで乗船し、不測の事態に備えてくれるという。

洋上は凪。千葉県銚子の犬吠埼を通過……。ここまで来れば行き交う漁船は皆無。福島第一原発から三十二マイル沖、居合わせた海上保安庁の船から「どこに向かいますか?」と問われ、船名をチェックされる。

その後すぐ、白熊丸にトラブルが発生した。

なんの前触れもなく舵が利かなくなったのだ。海千山千の経験を持つ回航士も、思いがけぬトラブルを前にして泡を食っている。

——四の五の言っている場合ではない。こんなこともあろうかと用意していた水中眼鏡を付け、命綱を腰に回し、無我夢中で群青色の海中に飛び込んだ。

さすがの達矢も、これほど岸から遠い海域での素潜りは初体験。息ごらえしながら船底に向かうと、舵がぐんにゃりと曲がっている。

いったん船上に上がって呼吸を整え、緊急用に積んでいた木製の棒を持って再潜水。溶接部に刺してこじった。原始的な処置だが、うまくいった。

二泊三日の船旅を終え、無事に白熊丸は太田名部漁港に入港……。

精魂燃え尽きてしまった達矢は、その後体調を崩し、再び睡眠障害や突発的なフラッシュバックに悩まされるようになる。それは、今まで見てきたような操業中の事故に由来する恐怖体験の再現ではなく、三・一一のとき、二戸病院のテレビ画面で見たあの津波映像と震災直後の惨状にすり替わっているのだった。

どうしてかフラッシュバックは昼には起きない。必ず夜だ。深夜の一時か二時に覚醒し、朝までうなされることになる。

血圧の数値が異常に高い。亡くなった母も若いときから血圧が高かったとよく言っていたから、遺伝的要素もあるのかもしれない。

だから起きてまずすることは血圧測定。毎日二回血圧を測って血圧手帳に記録する。これを毎日欠かさぬようにと医師から命じられている。震災以降、血圧を下げる薬に加え、精神安定剤と睡眠導入剤を服用し続けているが、効果があるのかないのかわからない。「リラックスして好きな音楽を聴けば効果がある」とか「苦しくなったら深呼吸しなさい」とか「ストレスを溜め込むと良くない」とか、医師からはそんなことばかり言われている……。

とにかく今は、睡眠障害を理由に足踏みしている場合ではない。達矢は己れに活を入れるように立ち上がった。乾坤一擲《けんこんいってき》の大勝負はまさにこれからなのだ。

達矢はオーナー社長から許可を得たうえで、白熊丸として登録されていた船名を「第十八鷹飛丸」へと変更した。


十一月。津波を被った広葉樹の葉色は赤く色づきもせず、ひっそりと立ち枯れている。

震災後初となるサケ漁が行われた漁港には二百二十匹が水揚げされた。震災復興へのご祝儀相場のあと押しもあり、この日ばかりは漁をした全員が喜びの色に沸き返った。

とはいえ最盛期に入っているはずの漁獲数があまりにも少ない……。

岩手県水産技術総合センターの見解によれば、例年にも増して水温が高く、また栄養豊富な冷水帯が三陸沖に分布していないことが原因だという。

だが漁師の視座に立てば違和感がある。

個体数が激減した要因は別の位相にあると睨んだ達矢は、定置網漁をいち早く復活させた普代村漁協に状況を尋ねてみたところ、案の定である。七月までは盛漁が続いていた同漁協も、八月を過ぎてからはサケのみならず底物全体が目も当てられない不漁に一変したという。

……どうしてかはわからない。

十二月、第十八鷹飛丸の主な部分の改造工事はほぼ終了。各種漁業権の申請も終わり、遅々としていた漁船登録申請もようやく認可が下りた。かご網漁に最低限必要とされる漁具、巻上機、自動操舵リモコン、計器類（魚群探知機、カラーレーダー、ＧＰＳなど）の発注も済ませた。

ここまではほぼ予定していたとおりの進捗だが、達矢は年内の操業を諦めざるを得ない状況に陥っていた。理由は。

○大型定置網を敷設する前段に行う「土入れ」（小石や砂利の詰まった土俵と呼ばれる袋を何ヶ所も打つこと）の際、膨大な震災がれきが海底を埋め尽くしていることが判明した。
○地盤沈下した漁港の復旧工事の遅れが確実となった。
○海況の悪化とともに、魚そのものがいないという有力筋からの情報がある。
○大型定置網に使われる大型ダンベ船の修理発注が優先され、鷹飛丸の改造が遅れに遅れた。
○餌代の高騰、Ａ重油の値上がりと製氷、冷凍冷蔵庫の設置の遅れ。
○石油で作られている漁業資材の高騰。
○ミズダコの漁期が終わるとすぐに時化の季節に入ってしまう。

などなど……。

さらに件《くだん》の件《けん》も解決できないままでいる。

第十八鷹飛丸の改造が終わっても、時化のときにも耐えられる係留場所が地元にはない。荷さばき場などの環境は整いつつあるが、捕った魚介類の鮮度保持には欠かせない冷凍庫、冷蔵庫、製氷機などの施設はいつ完成するか、相変わらず五里霧中。

個人漁師の生殺与奪《せいさつよだつ》の権利というものは、やはり漁協という組織が握っているに等しい。

「行政に働きかけて漁港の整備をもっと早めてくれませんか？」

数え切れないほどそう要請しているが、幹部連中は必ずこう宣う。

「ない袖は振れない。そんな金はない」「今は背伸びする余裕はない。身の丈にあったやりかたを続けるしかない」


久慈市の港湾工事専門業者が入ってくれたおかげで、漁港内のがれき撤去工事は九月にほぼ完了している。だが、その影響で大型定置網の設置をサケの盛漁期に間に合わせることが叶わなかった田野畑村漁協は、中型定置網と磯定置網のみに頼らざるを得ない操業に終始。その結果、この年の総漁獲量は平年比の四分の一にも満たない散々なものとなった。

＊　＊

第一次補正予算で、行政は五人以上のグループを作れば補助金はあげますよと言いました。俺たち漁船漁業の個人漁師が補助助成を受けた場合、共同利用船という制約が五年間かけられる。でも想像してください。漁船漁業で五人単位のグループを作るって正直無理なことなんです。

養殖業と定置網には分厚い補助が出ています。一艘四億円もするような定置網漁船、漁具、それに付随する倉庫、餌置き場、資材置き場。全て補助の対象です。当然その中から税は払わなきゃいけないですけど、補助率は九分の八で自分の手持ちは九分の一。それに比べて俺たちの補助対象は漁船のみ。それも個人所有ではなくて漁協所有としてです。漁具に対しては一切補助が出ない。いかに漁業のことを知らない人が作った制度かってことです。それぞれ船の装備も違います。タラ縄漁をやっている人はタラ専門だし、タコやっている人はタコ専門。漁業形態ってそんなにコロコロと変えられるもんじゃない。

漁協に相談してもちんぷんかんぷんだし、役場に行っても、県の窓口に行っても玉虫色の対応で話にならない。たまらず俺と同じように個人でやっている仲間数人と一緒に水産庁と復興庁に陳情しに行きました。

最初、自船で魚を捕っている漁業については〈個人財産の形成〉という理由を付けられ、けんもほろろにはねつけられたんですよ。でも、「それだったら、復興住宅とか住宅再建のために国が三百万出すじゃないですか？　あれは〈個人財産の形成〉じゃないですか？」や「補助金が出るサッパ船。あれも個人財産ですよね？　どうして同じ動力船で、そっちは補助対象、こっちは補助対象外なんですか？」と尋ねると、相手はグウの根も出ないわけですよ。すると案の定、「今後検討します」という曖昧な言葉で言い逃れをするんですよね。その後、様々な出先機関に赴きましたが、全て同じような対応です。

次は、山田町の人たちと一緒に陳情に行きました。こっちだって必死ですから。数にまかせて「ああだべこうだべ」と注文つけているうちに、おそらく国から県に対して、「あいつらうるさいから、いい加減認めてやれ」となったんじゃないですかね。それは想像の域ですが、とにかく、震災前に持っていた船や機械類については、第三次補正予算の中から補助金が下りることになったんです。

そうして俺は漁協から長期の運転資金を借りられました。ようやく中古船の艤装《ぎそう》と、ひととおりの漁具を揃えることができたんです。

消えた魚

二〇一二年二月十日、東日本大震災の復興作業を迅速に進めるため、各省庁にまたがる復興関連事業や政策を首相直属で一元的に統括する組織――復興庁が発足。各省庁への勧告権こそ保持しているが、実質上の執行権限は既存官庁に委ねられている同庁の立場は、下手をすると二重行政になりかねない要素を孕んでいると不安視する声が罹災住民から上がっていた。

　のっぺらとした土中から薄緑色のフキノトウが顔を出し始めた季節、沿岸域では震災から三ヶ月後に復旧したわかめの収穫作業が始まっている。

　懸案事項だった燃料タンクは完成が近づいている。これに先んじて設置された製氷機と冷凍庫は、突貫工事のつけが回ったのか、機能が安定せず、当分の間使い物にならない。島越漁港で鷹飛丸を留めていた沖側――南向きの埠頭は、がれきが仮置き場に移されて以降、修復工事は中断しており、再開の時期は予想さえままならない。

　億単位の累積債務を抱えていた田野畑村漁協では、自営事業が五年連続の赤字を記録。同漁協の旧態依然とした体制を見直すべく、数年前から岩泉町の小本《おもと》漁協、宮古市の田老《たろう》漁協との合併計画案が模索されていたが、具体的な進展には至らなかった。

そんな折、債務超過に陥った大槌《おおつち》町漁協が事実上破綻したというニュースは地元の漁業関係者を驚かせた。

このままじゃ、俺たちも同じ運命を辿ってしまう。

そう考えた達矢は、山の納屋に仕舞っておいたサケ浮き流し延縄と刺し網を最低限必要な数だけ残して任意団体のメンバーに提供。彼らは日本海方面のつてを頼り、車中泊をしながら中古船探しに奔走したが、めぼしい結果は出なかった。

すでに年配の漁師の中には「稼ぎのあるどこかに移転したい」「漁師廃業して船を売りたい」と言い出す者が続出している。津波で妻子と母親を同時に失い、生きることさえ辛いと泣き続けている者もいる。巨額の多重債務を抱えてしまった仲間の中には、自殺してやると悲嘆に暮れる者もいる。

こうしてもっとも若いメンバー、三十代の三人が東京や盛岡に出て行くと言い残し、次々と村を去っていった。漁師を続けても将来への希望が見いだせないという。止めても無駄だった。

一部の区間以外、一年以上も不通になっていた三陸鉄道。田野畑〜陸中野田《りくちゅうのだ》間の運行再開が果たされた四月。白熊丸を回航してきてから、はや八ヶ月が経過している。

新生鷹飛丸の大改造計画は最終段階に入っていた。船底塗料のペイント、船のトモ（船の後ろ）に付ける屋根の取り付け、エンジンのオイル交換やフィルター交換などの各種メンテナンス、計器類の設置、港内に係留するための錨ロープの発注、デッキの板子張り、などなど。

その最中、かねてから申請していた「船の行政支援事業」の補助金は利用不可、という旨の通達文が漁協を介して送られてきた。却下の理由は、第十八鷹飛丸は中古船だからだという。これ以上ないほど落胆した達矢だが、すでに賽《さい》は投げられている。ここまで来た以上、引き下がることはできない。

――そして四月二十一日。

第十八鷹飛丸はついに進水の日を迎えた。

試験操業の期日に向けてまずやるべきことは、新調したばかりの全計器類の操作チェック、それと漁場の海底調査だ。

太田名部漁港から出港した達矢は、いの一番に弁天島に向かう。津波で御社《おやしろ》は流されたが赤い鳥居の柱が一本かろうじて残っている。その前で船足を止め、漁の神様に向かい二礼二拍手……。それから南東へ舵を切り、いつもの漁場へ向かう。だが、魚群探知機に目を移した途端、達矢の顔は苦々しい表情に変わった。

百五十〜二百メートル下の海底。その至る所のくぼみには震災がれきと覚しき影が鮮明に映っている。強い金属反応。おそらく車の破片だろう。潮の流れも不自然で水温も高い。

洋上には大型定置網に使う太いロープや浮き球の残骸が、プカプカと浮沈している。その有様を見るにつけ、なんともいえない嫌な予感が胸に去来するのであった……。

俺も海に連れていけ！　と言わんばかりの雄叫びを張り上げるクマが、エンジンをかけるやいなや、軽トラックに向かって猛然とダッシュしてくる。

「クマ、今日は海が荒れているからだめだよ。海が凪いでいるときだ」

主のつれない態度にショックを受けたクマは凄い目をひんむいている。互いに足を怪我している身。おまけに、この季節としては非常に稀《まれ》なのだが、この日は寒気を伴う西高東低の気圧配置。霜注意報も出されている。互いに無理は禁物。

すでに数日前、ここぞと思えるポイントを見つけ、がれきの中から拾い集めた全てのかご網の敷設は終えている。高鳴る胸の鼓動を抑えつつ、いつもの北山崎沖へ。

漁場に到着。……魚群探知機には思ったよりも良い反応が現れている。今まで支えてくれた人々の顔を思い浮かべながら、万感の思いを込め、幹ロープを巻き揚げていく。

恐る恐る海面に浮上してくるかご網を見やる……。

タコがいる！　それもでっかいヤツ！

ロープを持つ手が思わず震える。無我夢中でそのあとのことはよく覚えていない。

「ついにやった！　これで本当の漁師復活だ！」

この日の最終的な漁獲量は、震災前と比較すれば平均レベルといったところ……。大きなサイズのミズダコは水槽で活かしておき、市場価格の良い日にまとめて水揚げする。小さめのミズダコは家族のために持ち帰る。

海が落ち着いた翌週、満を持してクマ登場。

新生鷹飛丸には初乗りとなるクマは緊張しているのか、先代の鷹飛丸に比べて随分長細くなった舳先に突っ立ったまま、周囲をきょろきょろしている。

この日の水揚げは百キロ超。二年半ぶりの大漁だ。

三重債務になるのは覚悟の上だが、こうなったら船の改造資金と震災前の融資残にプラス、漁協から再融資してもらってかご網を買い足ししたほうが得策かもしれない。

そんな強気なことを脳裏に思い描いていると、見透かしたようにクマが吠えまくる。

「わかったわかった。地道にコツコツだよな！　さあメシにすっかあ」

悦に入った様子のクマは、腹が減ったよと大声で騒ぎはやす。相変わらずの相棒だが、船の上で一緒に食べる握り飯の味はやっぱり最高だ。

「それにしてもよクマ！　やっぱりおまえは大漁犬だなあ！」

東に昇る赤々とした太陽を総身に受けながら、達矢は長い時間、感激の落涙を抑えられないでいた。

こんなはずでは

……達矢は再び打ちひしがれていた。

仮復旧した島越漁港に鷹飛丸を戻し、最盛期はまさにこれからといった矢先、まるで雲隠れにあったようにミズダコの漁獲量が激減してしまったのだ。

理由は諸説ある。黄色く濁った塩分濃度が低い海水が北の海から流れてきたこともあるし、鷹飛丸の好調を聞きつけた僚船仲間が漁場に密集し、思うようにかご網が敷設できなくなったこともある。

この時期、底物を捕る刺し網漁がふるわず、急遽かご網漁に差し替えたライバルが急増したため、他船に漁具や浮き球を切られるトラブルが続出。皆必死なのだから、ある意味やむをえない。

達矢が休漁を決断した理由は別のところにあった。

デマ――風評被害だ。

三陸産の魚が放射能に汚染されているという、いわれもない噂が全国に飛び火し、三陸の魚介類全ての単価が大暴落したのだ。

年によって異なるが、親潮と黒潮がぶつかり、日本沿岸から太平洋沖へ向かって潮流が離れていく地点——潮目は宮城県の女川あたりといわれている。そこには大量の流れ藻やゴミショメ（ゴミや雑物）が溜まって流れ、そこを餌場、休憩場とするウミネコやカツオドリが群がっている。

高水温、高塩分で栄養が乏しい黒潮。

低水温、低塩分で栄養が豊富な親潮。

この二つの流れが激しくぶつかる女川沖は、巨大な潮目とともに、もの凄い高さの波が立ち上がる。

巨大な二つの海流が交わることで強い湧昇流が発生し、そこから育まれた栄養分が海底からせり上がる。それを餌としてプランクトンが発生し、それを狙う小魚のイワシが集まり、それを追ってサバが集まり、サバを食いにカツオが集まり、カツオを食うためにマグロやカジキが大挙して集まる。

マグロは黒潮の証、タラは親潮の証といわれるが、女川沖は世界に名だたる凄まじい漁場なのだ。

岩手沖では親潮と対馬暖流が年間通して北から南に向かって流れており、福島県沖から女川沖を通り越して逆流してくることなどありはしないのだ。漁師は皆一様にそう思っている。

あの東日本大震災によって、福島第一原発の1、2、3号機が電源を喪失↓原子炉や使用済み燃料プールの冷却機能を失ったことで炉心が過熱↓メルトダウンを起こした結果、水素爆発によって一部の建屋が吹き飛び、放射性物質が広範囲に拡散↓大気に放出された放射線は北西の風にのって空から東日本一帯に位置する山々に舞い、川から海に流れた。

以来、田野畑村漁協でも毎日欠かさず線量測定を実施している。血液がないタコやイカなどの無脊椎動物も同じようにだ。むろんだが基準値を超える放射能が検出された例はいままで一度もない……。

なにがどう転んでも、岩手県産の魚介類が放射能に汚染されるいわれはない――。

漁師が水揚げした鮮魚は、漁協に手数料を引かれ、魚市場に並べられる。それを買って一般市場に流すのが仲買人。だが、ここにきて彼らは、「三陸産の魚は危ないと消費者から警戒されているため高値が出せない」と判を押したように言い出したのだ。

小売価格をベースに卸し価格は決まる。結局、一番損をするのは常に第一次産業の従事者となる。

漁師復活から三ヶ月が経過。かご網に入るミズダコは、発育の悪そうな小さなサイズがポツポツ。

「こんなはずじゃなかべ」

気がおかしくなるほどの不安が膨らんでいく。

船を動かすには欠かせないA重油は値上がりの一途。

借金を抱えた今の状態では、赤字に泣くでは済まない。当てずっぽうの出漁は自傷に近しい行為だ。

〈行けば赤字の漁〉への不安は、過去にも幾度か経験しているが、今回はそれだけではない。根拠に乏しい風評被害に加え、海底にどれだけ残っているのか皆目見当もつかない震災がれきも相手となる。

こんなことがあった……。

時化が通り過ぎた直後、漁具を回収しに行ったとき。ゴリゴリと嫌な音を立てて幹ロープが鳴り出し、ラインホーラーが軋《きし》み始めた。

いつもと勝手が違う。そこは震災前、砂地だった場所なのだ。……ロープが切れないよう慎重に巻き揚げていくが、途中からビクともしなくなった。戻したり返したり、舳先の向きを東西南北に動かしたりしてみるが埒《らち》が明かない。こうなったら最後の手段とばかりに、油圧モーターの回転をフルパワーでぶん回し、無理矢理に引っ張っていくと、十一ミリもある太いロープが途中でブツンと切れた。

切断された個所を詳しく見てみると、鋭利な刃物のような切り口でスッパリ切り裂かれている。

岩礁に擦れてできた切断面ではない。海底に沈んだままの震災がれきが絡み付き、かご網ごと海に持っていかれたのだ。これだけで錨や錨ロープを含め、二十五万円の損失。

その翌朝。気持ちを奮い起こし、別のポイントに敷設してあった漁具を引き揚げた際も同じようなことが起きた。減速しながら巻き揚げを開始し、洋上に浮沈している定置網ロープの残骸が見えた途端、あっという間もなくスクリューに巻きついてしまった。

この時期の表面水温は十二度。とてもじゃないが素潜りして手作業で取り除くことはできない。スクリューが動かなければ自力走行は不可能だ。二〇〇九年の骨折事故の経験から、念のためハッチの中に仕込んでおいたノコギリがこんなとき役立とうとは。

汗だくになってロープの残骸と格闘し、低速から中速にエンジンの回転数を上げていくと、ブルブルッという、またしてもいやな振動が聞こえてくる。スクリューのシャフトが曲がったか、あるいは船尾のプロペラ軸を貫通させるスタンチューブが逝かれたか。いずれにせよ修理するには高額費用がかかるダメージだった。

本命のミズダコの代わりに揚がってくるものは、錨ロープや漁網、黒松の切れっ端、家の木材、車のタイヤや部材、電源コード、家庭用テレビやビデオデッキなどの家電製品、生活雑貨。その他諸々……。

もっとも厄介なのは、布団の綿くずや細かなプラスチックごみ。それが時化のたびに舞い上がって、かご網の目に詰まってしまうのだ。陸に揚げてからワイヤーブラシで強く擦ってもなかなか落ちない。いちいち手で摘まみながら除去するしかない。これまた気が遠くなるような作業なのだ……。

震災以降、初のウニ漁の口開けを目前に迎えていた二〇一二年六月。前年に漁協に発注し、当初の予定よりも前倒しで完成した新造サッパ船の試運転の日でもあった。

アワビと比べればウニの利益率は低め。船の油代と自家消費分を差し引けば儲けはないに等しく、少しでも稼ぎを上げるためにはできるだけ多く数を揃えるしか手がないが、そもそも個体数が少なすぎる。

ミズダコの夏漁にあたる七月は、通年であれば一日平均三百キロ程度の水揚げがあって然るべきだが、震災後はさっぱりで、その穴埋めのように捕れ始めたのは、ミズダコよりも単価が安く、比較的温かい水温を好むマダコ。

毛ガニやナメタガレイもめっきり数を減らしている。南方の磯釣りで人気の高いイシガキダイが漁協の定置網に平気で入ってくるのも常識の範囲を越えている。

「なんじょしたことだ？」

漁師の立場でモノ申せば、まずもって潮の流れがおかしい。スピードが遅すぎるし、塩分濃度が極端に低いため真水に近い状態の親潮が三陸沖まで流れ着いている。

プランクトンの死骸が凝縮されている本来の親潮ならば濃密な緑色をしているはずなのに、栄養が少ない黒潮のような藍色をして透き通っている。

そして海水温の変化も。地球温暖化の影響から、二〇〇四年から連続して不漁に見舞われている。しかし現今の海の異変はそれより数段上。先例ならば夏の盛りで二十二度ほどの表面水温が、南から流れてくる黒潮に匹敵する二十七度。なんと五度も違う。一説では水温が一度上昇すれば、海の生態系はがらりと入れ替わってしまうと言われている。人間世界に例えれば、冷たい水風呂からいきなり熱湯風呂に投げ込まれるようなものだ。

低く安定した水温を好み環境の変化に敏感なミズダコは、昼と夜の水温変化が激しい沿岸域には寄りつかず、いまだ深海に留まったままの可能性が高い。

実際、魚群探知機の反応を見ても魚の個体数が減っている。沿岸域の海水は濁色《だくしょく》と化し、なぜか今まで見たこともない正体不明の海藻類が異常繁殖している。

減ったのは魚だけではない。餌を狙いにやってくるカモメやウミネコも狐火のように遠ざかってしまった。本来の仕事が十分にこなせないクマは能力を持て余し、大あくびを連発。見ている側がいやになるほど暇そうだ。

もちろん震災前にも諸問題はあった。エチゼンクラゲの大発生もあった。大型台風や大時化に翻弄された。大型トロール船や旋網《まきあみ》漁による乱獲も影響大であった。

「漁師殺すにゃ刃物は要らぬ、時化が三日もありゃあいい」

漁師が自虐の心を表す諺《ことわざ》である。とくに大時化のあと、潮流が速い三陸沖では百～二百メートル下の海底に沈ませている漁具が行方不明になってしまうことがままある。

漁具一式を失うと丸々百万円の損失。だから、幹ロープが途中で切れようと、ぐちゃぐちゃになっていようと、必死で回収しなければならない。

そのたびにかご網漁の漁師たちは「スマル取り」の作業に追われる羽目になる。スマル取りとは、見失った漁具の在処《ありか》を魚群探知機で探し出し、スマルと呼ばれる四つ爪の大型錨で回収する作業を指す。言わずもがなだが、これをしている間は闇雲に時間と油代を浪費しているだけとなる。悲しいかな、昨今はこのスマル取りが常態化しつつあるのだ。

潮流によってどこに流されたかわからない漁具を再び探し当てるには、西風が吹く凪いだ日を選んで行う。的確に見つけ、回収するには、それなりの技と経験則が必要になる。

従来ならば、十年以上パソコンに蓄積していたデータベースを駆使しつつ、百メートル以深の海底でも十回スマルを引っ張れば最低一回は当てることができた。しかし今は、地震によって海底地形が大きく変化したことで漁具を見つけることさえ困難になっている。


十月。相変わらず海の季節が遅れている。

本来今頃なら紅葉が終わり、広葉樹林が落葉を見せ、寒冷前線が通過すれば北西の風が吹き、海の色はぐんぐん透明度を増していくはずだ。

だが待てど暮らせど木々の落葉はない。北西の風も吹かない。海水温も下がらないため、春から夏にかけて捕れているサゴシ（鰆《さわら》の小さなサイズ）が、秋の季節になってから何トンと定置網に入ってくる始末。

〈海の小判〉と称される三陸産アワビも、県内外の仲買人によって価格が決められる事前入札会では、前年比で単価は半値。中国大陸の景気減速のほか、安価な外国産アワビの国内流通、原発事故に端を発する風評被害の影響をまともに浴びた格好になっている。

そんな中、一つの光明が田野畑村に訪れた。

東日本大震災で被災し、大規模改修を行っていたホテル羅賀荘が、解雇されていたパートタイマーを含む全従業員を再雇用し、十一月から営業を順次再開するという。同ホテルは津波で低層階部分が罹災したが、グループ補助金で改修資金を工面し、約一年八ヶ月ぶりの再出発にこぎ着けたのだった。

宿泊施設の不足により、遠方の内陸や近隣町村の宿泊施設から復興工事現場に通うことを余儀なくされていた土木関係者の不便さも解消されるに違いない。達矢にとっても喜ばしい一報であった。

仲間の死

雪が舞い散る師走になっても海水温は安定せず。長く出漁ができないまま、波高の洋上には雪まじりの冷たい北風が吹きさらしている。

この年、田野畑村漁協にとって最大の収益源であった秋サケの定置網は年間通して地滑り状態。イカやタコ、タラ、イサダ、シラス、サクラマス、とにかく全魚種が不漁。風評被害による価格低迷もさることながら、復旧することさえ叶わない水産加工会社もいまだ多く、魚市場のセリでも価格がセリ上がらない状況が続いている。

新しい年が明け、各被災地域で主要漁港の復興工事が進む中、田野畑村の個人漁師は困窮の中に佇《たたず》んでいる。

漁具メーカーの資材の高騰。燃料のA重油はアベノミクスの副作用による急激な円高の影響を受け高騰、震災前から二倍以上に跳ね上がった。

田野畑村の人口四千五百余の二割が漁業従事者であり、そのうち、わかめ養殖や共同定置網に従事している漁師は約八割。それが震災以降、人口は三千八百人を割り、約半数の漁師が相次いで廃業。

震災から二年後の三月十五日。福島第一原子力発電所の専用港で海水の放射性セシウム濃度がほとんど下がらなくなったことについて東京海洋大学の研究グループが試算したところ、汚染水の流出が止まったとされるおととし六月以降も、一年間で事故前の排出限度の七十三倍に当たる放射性セシウムが流れ出た可能性があるとのニュースがＮＨＫで大々的に報じられた。

白熊丸の大改造に心血を注いでいたときは、絶対に漁師復活してやるの一念に燃えていた。だから野辺に放り捨てられていた漁具でもなんでも拾い集め、多重債務覚悟で中古船を再建し、漁具資材も新しく買い揃えた。今となってはすでに手遅れだが、それよりも悔やんでも悔やみきれないことがある。

津波で流された先代の船（第八鷹飛丸）の損害保険は、加入していた保険制度に則って漁船保険組合から支払われる、はずだった……。

漁船保険とは、漁業権を取得すると同時に加入しなければならない船体にかける保険で、掛け金はメニューによって選べる。

二〇〇九年の事故から入退院を繰り返していたことから、しばらくはサッパ船での磯漁しかできないだろう、そう考えた達矢は、第八鷹飛丸を休業船扱いに変更。五月の中旬頃から始まるミズダコ漁に間に合うよう四月一日から保険に再加入するつもりだった。ところが予期せぬことが起きた。その直前の三月十一日に発生した東日本大震災だ。

一方、震災後引く手あまたの保険会社は、相当数の全損払いもしくは半損払いを余儀なくされており、裏の台所事情は火の車になっている。従って折衝の余地はまるでなし。休業船の見舞金として漁船保険組合から支払われた額はたったの八万円……。結果、数千万単位の大損害になってしまった。

――二〇一三年十月。岩手県山田町に住む漁師仲間の悲報が届いた。

達矢より一つ歳上だったヨシノブとは、メーリングリストで漁師同士のコミュニティを立ち上げた頃に出合った。

普段は地元に水揚げしている達矢だが、大漁のときに限り、宮古漁港で水揚げすることがある。ミズダコの相場がキロで二十～三十円は違うため、往復の油代を差し引いても儲けの差が多少なりとも出るからだ。

そんなとき荷さばき場周辺をぶらぶらしていると、がっちりとした体躯のヨシノブが人懐っこく声をかけてくる。

「吉村さん、漁あるかー」

「ヨシノブさんこそ、どうだー」

おはようこんにちはと同じようなもので、日常的に取り交わす漁師流の挨拶だ。

ヨシノブがメインとしていた漁は、二百〜三百メートルの深場に何百本もの釣り針を流すタラ縄漁。狙う魚も漁場も異なることもあり、面倒な駆け引きは一切必要なかった。顔を合わせれば、どちらからともなく声をかけ、荷さばき場近くにある小さな定食屋で語らいの場を持っていたものだ。

ヨシノブを死に向かわせた最初の引き金は、前年八月二十七日付のＮＨＫ報道に遡る。

青森県三沢市沖で捕れたマダラから国が規定した基準値のキロあたり百ベクレルを超える高レベル放射性セシウムが検出されたのに続き、翌月にも同県の八戸港に水揚げされたマダラからさらに高いレベルの放射性セシウムが検出された事実が白日の下に晒《さら》されたのだ。

それがいつの間にか、青森県から岩手県へ。三陸沿岸という一つの括りの中で「深刻な放射性汚染はいまだ続いている」という噂が全国に広がった。

仮設住宅に住んでいたヨシノブは、津波の被害によって家も船も妻も息子も、なにもかも失っていた。それでもヨシノブは漁師復活の望みをかけて九・九トンの新造船を県漁連に発注した。おそらくヨシノブは一億円近く借り入れたと思われる。震災前の好漁のときは四人の乗り子を雇い入れ、年間通して軽く六千万円はタラで稼いでいたヨシノブの力量であれば、七年もあれば十分償還できたはずだ……。

……待望の新造船が完成し、タラ漁の最盛期が始まる十二月末からヨシノブは操業開始したという。三回の網を入れ、大漁だったと聞く。鍋物のネタとして人気が高いマダラの価格は、十キロクラスの大物なら一匹あたり三万円前後。この季節が一番高値で取引される。

……漁協が発行する個人成績表を見てヨシノブは愕然としたに相違ない。震災前の二〇一〇年であれば、平均でキロあたり四百〜六百円前後の相場で仲買人に買われていたマダラが百三十五円。深刻な風評被害が起きてからは七十五円。氷代や発泡スチロール代だけで泡と消える値だ。

魚市場の冷凍庫には、国が定めた〈基準値以下〉のマダラが在庫圧によって溜まっていく一方、単価の下げは止まらず最後にはなんとキロ六円。

それから半年経った秋。操業中の鷹飛丸の無線に、ヨシノブの船が沖合で消息を断ったという連絡が入った。

そのときは「じき、見つかるべ」と高をくくっていたが、時間の経過とともに妙な胸騒ぎを感じたことを覚えている。

数日後、ヨシノブは海上保安庁の捜索ヘリによって瀕死の状態で発見。山田町の沖合二百キロの海上から盛岡市内の岩手医科大学まで救急搬送された。

ヨシノブは、エンジンの回転を発電機に伝えるためのVベルトに突っ込んだのだった。普通ならば五体を噛み砕かれ一発で即死のケースだが、ヨシノブは両手足を複雑骨折しただけで助かった。

一週間後、ヨシノブは病室の窓から自ら飛び降りて死んだ。詳細について一般向けの報道はされなかった。

再飲酒

「このままじゃ終われねえ、俺もおまえも」

クマにそう呟きながら達矢は海中から姿を露わにした一つ目のかご網に手を伸ばす。

……なにも入っていない。

「まだまだ！」

次々と引き揚げていくが全て空。三分の一を越えた頃、ようやく揚がってきた魚は痩せぎすのアイナメ。苦笑いしながら達矢は、「もうちょっとだねえ。大きくなってからまた来なさいよ」と言いながら海に戻す。

……続いてドンコ、マダコがポツポツ。それから先は捕っても無意味なヤツデヒトデ。震災前には岸近くにしかいなかったはずのトラフナマコは、震災以降から急激に勢力を増している。

……天然昆布の切れ端やわかめの枯れ草、得たいの知れない雑草。最近、こんな海藻類が急激に増えた。これが網にねばった状態で絡みつくとタコの入りが極端に悪くなる。

「ち、油代にもならねえ」

舌打ちをし、達矢はしゃがみ込んだ。歪みのない鏡のような海面をのぞき込むと、時間だけが無為に過ぎてゆく。

船縁に手を突き、達矢は思わずうめいた。

「なんもわからねえ」

ここまでやってミズダコが一匹も捕れないとは……。時化程度で悩んでいた時代が今となっては懐かしい。

「タコの気配がねえよ。クマ、おまえは大漁犬じゃねえか」

……クマは遠いどこかをぼんやりと眺めている。

「俺は天から見放されたのか。いいことなんかなんもねえ」

デッキには一年がかりで揃えた新品のかご網。まだ一度も海水に漬けていない。

沖を望むと、シーズンを迎えたサケ延縄漁船が数隻、波間に揺らいでいる。

サケ延縄漁を続けている田野畑村の漁師はわずか六人。下手な漁を打てば即赤字になることを恐れ、数多《あまた》の漁師が出漁を躊躇しているからであった。

「こんなことなら、わずかでも稼ぎになるサケ延縄の許可を取り直しておくべきだったか」

隣の花は赤いというが、そんな弱気がついこみあげる。

水槽の中にはマダコのほか、ヘラガニ、カジカ、ドンコ、ナメタ、タラ、スイなど雑魚数匹……。三時間かけて二百個のかご網を引き揚げた結果がこれだけ。

傍にクマが座り、しきりに手の甲を舐めてくる。

「今日もだめだったなあ」

クマは首をひねっている。

「そういえばクマ、おまえがうちに来てから、なんぼくれえ経った？　……十一年目か。ときが経つのは早えなあ。今でも子どもみてえな仕草ばっかするくせに」

腹ばいになったクマは、茫乎《ぼうこ》とした顔付きで水平線に目を向けている。

「なあクマ、頑張って漁師復活はしたよ。今までたくさんの人から助けてもらったよ。でもよう、肝心のタコが捕れなきゃどうしようもねえんだよ」

今が胸突き八丁だ。易々とあと戻りはできないが、こんな情けない漁が続くのであれば、専業漁師としてはとてもやっていけない。

――田野畑村では死者八十三人を出している昭和三陸地震津波を経験し、「大津波のあと、元の海に回復するには五年も十年もかかる」と言っていた父伊蔵の警句が走馬灯のように蘇ってくる……。


さんざん苦労した揚げ句、猛暑の中での夏漁は見るも無残な結果に終わった。多少の漁獲は見られた七月中旬を過ぎてからは急激に水温が上がり始め、熱帯太平洋西部の海面水温上昇の影響を受けた格好で北三陸の海水温度は三度上昇。ミズダコは完全に姿を消した。

サケ延縄漁もお寒い限り。漁協が経営する大型定置網を除き、赤字を恐れて誰も出港していない。

……九月に入ってからは大型台風が連続して三回上陸。外洋からまともにぶつかってくる台風の接近に備え、達矢は鉛線《えんせん》入りのロープを三本、錨ロープを二本、防舷材《ぼうげんざい》を鷹飛丸の周囲に張り巡らせ、万全の対策を整えた。サッパ船も船揚場《ふなあげば》の一番高いところに上架したうえで土俵袋を付け、さらに係船環《けいせんかん》にもトモ綱を固く結び直した。

これで準備万端といきたいが、気がかりの種は満潮時の高潮。

波消ブロックが瓦解し地盤沈下したままの島越漁港では、海面が突堤の高さを越えてしまうと、内側に係留している漁船はひとたまりもなく転覆してしまう。

……時計は午前二時。相変わらず目がさえて眠れない。達矢は頭から布団を被ったが、やがて観念して半身を起こし、窓を少しだけ開けた。冷気とともに大きな雨粒が叩きつけている。

——激しい雷鳴。

「こりゃ、いかん」

携帯電話のランプがピカピカと明滅する。漁協からのメールだった。「海が時化てきています。各自船の見回りをしてください」といった内容。

「……この強い風にあおられて、古いロープが千切れてしまうかもしれない」

不安が脳裏に惹起した。居ても立ってもいられず、達矢は布団から跳ね起きた。

クマが横穴式住居から不安そうな顔をのぞかせている。一緒にトラックに乗りたがってむずかるクマを家の中に無理矢理押し込み、慌ただしく出発。つい今しがたまで激しく煙《けぶ》っていた雨は大雪に姿を変えている。

波高は六メートルをゆうに超えている。岸壁を軽々と超波した高潮が車道まで到達している。港内の様子をサーチライトで照射してみると、汚濁した海水が巻きながら昂ぶり、何艘もの漁船が大きく左右に揺さぶられている姿が垣間見られる。

仮復旧した荷さばき場にも海水が押し寄せ、入り口のシャッターと壁には大きな亀裂。慌てて鷹飛丸を留めている場所まで走っていくと、案の定……。

「ありゃりゃ！」

激しく岸壁に擦ったに違いない。タチ（係船柱）は真っ二つになっており、船縁の片側も二カ所大きく破損が刻まれている。

棒カギを使って岸壁から離し、すぐにでも錨ロープを張り直したいが、この大雪と強風では為す術はなく、ひたすら天に祈りながら嵐が通り過ぎるのを待つだけだ。

「ついてねえ」

達矢は大きく嘆息した。……修繕のためには漁船保険を使わなければならない。車の保険と同様、使えば使ったぶん次年度の保険支払額が増えてしまう。

「鷹飛丸、大丈夫か！」

仲間の漁師数人が心配顔で集まってきた。

「この水位とうねりで船が引っ張ったんだべ」

漁師のタケシが憮然とした表情で呟いた。タケシも伸《の》るか反《そ》るかの大借金をして船を建造したばかりなのだ。

彼の船を見れば、ミヨシとトモ側にそれぞれ七十キロの錨がついたロープが結ばれているが、ミヨシ側が効いていない。かろうじて船は岸壁から離れてはいるものの、これ以上波が高くなれば岸壁に乗りあげるのは時間の問題だった。

タケシはひび割れた声で闇に向かって叫んだ。

「勘弁してくれえ。債務返済のために稼がねばならねえのによお。せっかく復旧したってえのに、船が沈んだらおらはもう再起不可能だよう」

潮位はますます増していく。ついに波高は十メートルを超え、岸壁の水位を上回った。

タケシの船はバキバキと激しい音を立てながら岸壁に乗り上げ、ようやく動きを止めた。

……それから数時間が経ち、「もう、なるようにしかならねえ」と一人去り二人去りしていくうちに火が消えたようになり、やがてその場に残っているのは達矢一人になっていた。

向こう岸に駐め置いている軽トラックの辺りにも白波が傲然《ごうぜん》と襲いかかっている。ここに留まったままは危険だ。そう感じた達矢は、高い平地部まで車を移動させ、車のヘッドライトを点《つ》けたままギアノブをパーキングに入れた。

……フロントガラスに雪が降り積もっていく。沈思黙考《ちんしもっこう》する達矢。座席のリクライニングを倒し、目を閉じた。

「俺の目算は甘かったかもしれねえ」

多重債務。極端に減少した漁獲量。漁をする時間より長くなった漁具や船の保守管理。震災前の水揚げ実績が評価され、漁協から無利子の運転資金を借りることができ、かろうじて漁師の体裁は保てているものの、これが生業といえるだろうか。

……疲れていた。

寝てはいけない、と念じつつ両眼をこじ開けようとすると、目の前のダッシュボードに焦点が合った。

その中にしまってあったのは、廃校になった小学校の跡地に建てられた仮設店舗で買ったウイスキーの角瓶。

震災前までは断酒できていた、はずなのに。

数日前だった。ある復興コンサートの帰り道、誘われるがまま漁師仲間数人と小さな居酒屋へ入った。達矢が注文した飲み物はウーロン茶。しかし、この日に限ってはしつこく絡みながら酒を勧めてくる者がいる。

「たっちゃん、堅いこと言うでねえ、たまにはいいじゃねえか」

「いや、昔けっこう飲んでたから」……酒にまつわる失敗の数々は過去のことだとしても、重度のアルコール依存症だったとは口に出せない。

「なら、ほれ」

「だから、今は止めているって」

「なにい？　冗談言うなあ、おらの酒が飲めネエってのかあ」

そうした流れで少しだけ口をつけた。帰りの道すがら、憑き物がついたように酒が欲しくてたまらない。無我夢中でタクシーを拾い、仮設の鮮魚店と酒屋が隣接している個人商店に転がり込んだのだった。

……琥珀色に輝く液体。飲んだらだめだ。……長い葛藤の末。

「ちょびっとだけ……」

魔法にかけられたような墜落感覚。その後に来るなんともいえないひび割れた快楽。意識が静かに溶け落ちていく。やがて目の前が暗転した。

……ゆっくりと明転《めいてん》。底冷えがする白んだ空。気付けば朝日が昇っている。

濁色の波の花が舞っている。地に落ちた瞬間、穴が空いた紙風船のようにぺしゃんと潰れ、時間の経過とともに朽ち溶けていく。

達矢はひりつく喉を押さえ、よろよろと立ち上がった。

蜉蝣《かげろう》のように揺らめく向こうから、一人の男が浮かびあがる……。

思わず目を擦った。震災直後さんざん探し回っても、ついに見つけることが叶わなかった山田町の漁師ゴロウ。

「おら……しんだのか？」

ゴロウが語りかけてくる。

「……だって、だってはあ」呂律が回らない達矢。

「おしえてくれ。おらはいきているのか？」

「おめえ、津波に呑まれたべ……」

「……」

「もう、おめえはこの世にいてはいけねえんだ……。頼む。あの世に行ってくれ。そして仲間たちと仲良くやってくれ」

薄く微笑したあと、ゴロウは空に溶けていく。

「ま、待ってくれ」

達矢は車の外に飛び出した。誰もいなかった。


……寄せては返す潮騒。浜べりで肩を寄せ合うように座っている達矢とクマは、日がな一日ぼんやりと海を眺めている。

「ここにはハマボウフウがいっぱいあったのにな。なんも咲かなくなっちまったな。おかしなもんだよなあ」

「キューン」

クマが答える。

あれから二年八ヶ月も経ったというのに、歩道の柵は壊れたままの姿を晒している。大きな水溜まりがいくつも点在しているのは、この浜が一メートル以上も沈下しているからだった。

伏せの姿勢をしたクマは、頭を達矢の膝に擦りつけ、伸び上がりながら二度三度顔を舐めた。

「俺はだめな飼い主だな」

達矢はポケット瓶のウイスキーを取り出し、じっとそれを見つめた。

「約束する。もう酒は飲まねえ本当だ」

ウイスキー瓶の蓋を開け、砂に注いだ。空になった瓶を再びポケットに仕舞い、クマに向かってゆっくりと語りかけた。


……なあ聞いてくれ。こんな鳴かず飛ばずの漁じゃホント漁師廃業どころじゃ済まねえ。自己破産だ。今じゃ良いときでも一日で十～二十キロ。五十キロ捕れれば御の字だ。ロープ一本百繋ぎのかご網にタコが三匹。それで三万～四万円にしかならねえ。やればやるだけ無駄ってことだ。海を相手の漁師が海に出ることさえままならない。こんな理不尽なことがあるか？　相変わらず高い海水温。高い餌代とかさむ燃料代。希望が見えない不漁。なあ教えてくれ、俺はどうしたらいいんだ？　このましょぼくれて、老いさらばえていくのか？

クマは達矢の向かいに座り、大きくかぶりを振る。

こんな俺を見るに見かねてだろうよ。「やせ我慢するんでねえ、こっちさ加われ」と定置網の連中が誘ってくれてはいる。でも、かくいう定置網だっていつまでも安泰なわけじゃねえ。「がんばる漁業復興支援事業」っていう国の補助金でかろうじて継続できてはいるが、今年を含めればあと二年で打ち切られてしまう。それが終われば再び赤字転落することは間違いねえのさ。

……クマ、よっく聞いてくれ。俺はこれから次の二つのうちどちらか決めなくちゃならねえ。

一つめ。漁師廃業して新規事業を始める。ただ俺はもう五十六だ。寄る年波には勝てねえ。毎日どこかしらうずくし、一年中船の上で歯を食いしばっているから上下の歯ががたがただし、ブロック注射で誤魔化《ごまか》しているけど腰だって痛むし、老眼も進んじまったし、頭の毛も薄くなってきた。さて、これが一番重要なことなんだが、さらに借金を重ねることは自殺行為だってことだ。

二つめ。出稼ぎだ。仲間たちはどんどん村を出ていった。東京に出稼ぎに行った奴もいるし、北海道の定置網に従事した奴もいるし、すっかり足を洗っちまった奴もいる。

……やっぱり現実面を突き詰めれば出稼ぎになるよな。できれば船を持って行けるところがいい。時化のときは近くの安宿に泊まるしかないが、鷹飛丸ならキャビンの下に寝泊まりできる。この前伊豆諸島に住む知人の漁師に仕事の情報を求めてみたが、まともな金になるのはキンメダイだけだとさ。それ以外には鹿児島県の沖永良部島《おきのえらぶじま》にもつてがある。人工魚礁の下に回遊魚が群がってくるのを待って捕る漁だ。正式に漁協組合員になるには最低二年必要だが、竿漁だから漁業権は必要ないんだ。

寄せては返す波……

とにかく、来年の春漁の結果如何で俺は最終決断しなきゃならねえ。タラを見ろよ。数は少ないくせに震災前と同じ価格で売られているんだぜ。仲買人が浜値を叩いてそんなことばかりやっているから俺たち漁師は誰も海に行けなくなるのさ。それよりも。岩手だ宮城だ東北だその産地の放射能がどうだ。違うべそんなもん。放射能汚染の基準値を国が調べて発表するのは千葉から青森までって、なんでそこで仕切るの？　東京、神奈川、静岡のほうが絶対多く出るはずだって。俺たちから見てそう思うもん。これもう、国がやっていることは水俣病事件と同じだべ。こんなの地方紙だって報道しないけど、つくづくそう思うもん。こんだけ俺が言ってしまうのも、本当に血の涙が出るほど口惜しい思いをしているからなんだ。

……クマ、もう一シーズン精一杯やり尽くして、それでもだめなら仕方ねえ……。おまえや家族には申し訳ないけど、ここではないどこかで働くことを真剣に考えるしかないだろうよ……。

妙《たえ》なる波の調べに身をまかせているうちに、リードを持つ手がはらりと垂れ落ち、自由になったクマは海のほうへ歩を進めていく。

波打ち際は漂着した昆布やめかぶ（わかめの根っこ）で覆い尽くされている。そこで腰をかがめ、真剣な表情でためつすがめつなにかを物色している白髪の男が一人現れる……。

老人は黙然と歩いている。ややすると布団のように大きな葉状の昆布を肩に担ぎ上げ、それを体に巻き付けるようにして達矢のほうに歩を進めてくる。

老人が宝物のように抱え込んでいる大きな昆布は、この一帯では最高級として知られる黒昆布だ。

肘を突き、うたた寝をしている達矢に向かい、クマは太く短く吠えた。それでも起きようとしない主の顔を何度も何度も濡れた鼻先で擦り上げた。

しばしの時間、老人はのっぺらぼうの案山子《かかし》のような顔で突っ立っていたが、やがて諦めたように踵を返し、その場から去ってゆく。クマは何度も吠えた。老人の姿が見えなくなると大きく伸びをしてから達矢の隣に寝転んだ。

万策尽きかけたとき、周りに誰もいない波間に揺られているとき、ふと思う。

このまま死ねたら、どんなに楽か。

震災後の不漁、足の怪我。以前のように思うがまま沖に行けないみじめさ。

たとえ動かさなくても漁船の維持経費は車に比べれば年間二十倍以上かかる。

死にたいと思う感情は精神科の臨床心理士に辛さをぶつけることでかろうじて回避できる。

だが生きたいという感情が湧いてこない。

海で死ぬのは絶対に嫌だ。この辺りではスムシと呼ぶが、北三陸の海底には小さなアリのような赤虫が生息していて、これに集団でたかられると、生きていようが死んでいようが、タラでもタコでも一瞬にして原型を失うまで、それこそ骨の髄までしゃぶり尽くされてしまう。そんなグロテスクな死に様だけは御免被る。

ならば北山崎の断崖から落ちて木っ端微塵になったほうがましか……。

いやいや……。達矢は首を左右に振って悪いイメージを脳から振るい落とした。

目の前にはクマがいる。

相棒には達矢の心が全てお見通しなのだった。

「本気じゃねえよ。せっかく生き残った命だもんな」

絞り出すようにそう言う達矢に、大きく尻尾を振りながらクマが甘えてくる。

寒い北西の風に変わり、ぐんと気温が下がった田野畑村。

雑木林の木々は紅葉を見せ始めているが、ミズダコが岸に寄ってくる気配はない。

浜に活気が戻ったのは十一月。待望のアワビ漁が口開けになり、漁師たちは我先にと磯漁の準備を開始した。

「おお、しばらくぶりだなあ！」

関東方面に出稼ぎに出ていた若者たちが、アワビ漁の時期に合わせ一時的に帰ってきていたのだった。

震災前はキロあたり一万二千円台で推移していたアワビの浜値は、二〇一二年から急降下。高水温による磯焼け現象によって身が痩せたことも要因だが、それと合わせ、「安い韓国産の養殖アワビが入って来たために国内産は売れない」という中間業者の言いぶんがまかり通ったのか、最低価格はキロ六千二百円。

しかしこの年の二〇一三年、事前に発表されたアワビの入札結果は、キロあたり一万千円。回復傾向が期待されたが、その反面サンプル調査の段階で単価が高いということは、資源そのものが少ないという現れでもある。

案の定、十二月に入ってからの入札結果は、平均値で八千三百円まで下落。誰もが将来への不安を口にしながら、それでも今日の糧《かて》を得るために一枚も逃すまいと血眼になって〈海の小判〉を採り漁るのだった。

光

津波で壊滅した高架橋の上に駅舎があった理由から、三陸鉄道全駅中もっとも復旧が遅れていた島越駅。細部はまだ工事途中ではあったが、四月五日に北リアス線（久慈～宮古）が開通。翌六日にも南リアス線（釜石～盛）が開通。再び二つの路線が繋がり、総延長百七キロの三陸鉄道が三年ぶりに全線運行を遂げた。

十年以上前から観光の目玉となっていた「北山崎めぐり断崖クルーズの観光船」の定期航路も七月末から運航再開が決定。

島越漁港の波よけ堤防の修繕工事もほぼ終わり、製氷施設も復旧した。

そんな朗報とは裏腹に、北岩手の漁船漁業は記録的不漁に泣かされ続けている。

昨年とは逆で、平年に比べ二度水温が低い。昨秋から暮れにかけて、大型台風が何回も通過したことで海水がかき混ぜられ、冷水塊が下層から上昇した影響が大だと考えられているが、東シナ海に突如出現した中国漁船による虎網漁法（強力な集魚ライトを使い、巨大な網で一網打尽にする）の漁獲量が急増、魚の生息数そのものが激減していることも不漁に拍車を掛けていた。

　震災前は「ひとまる」（二百メートル）あたり一万六千円だった幹ロープは二万千五百円に高騰。エンジンの回転数を極力落として一割程度の燃料削減に成功したものの、それを上回る燃油高、さらに円安誘導による漁具資材の高騰により、行けば行くほど赤字の海。

　新品のロープを買う余裕すらなくなった。震災後に拾ったあり合わせを継ぎ合わせて使っている。

　かご網に仕込む餌も、今まで使っていたサバやサンマを止め、安価なボラに変えた。やがてボラも捕れなくなり収支に見合う餌がなくなると、かご網の中には疑似餌に見立てた発泡スチロールだけが突き刺さっている状態になった。

　相も変わらず頻発する微弱地震。魚群探知機にはサバやイワシの影さえ映らず、捕れるものはドンコかマダコ。ミズダコはゼロか獲れても数匹。

　もはや達矢は、漁師というよりも、沖に沈めている漁具の管理者だった。

……翼を広げたカモメが海面すれすれに滑空してくる。デッキに積まれた空っぽのかご網に目をくれるや、ぷいとそっぽを向いて羽ばたき、再び水平線の彼方に消えていく。舳先に突っ立ったままのクマは呆然と見送るのみ。そんなクマの佇まいを見ながら、海の求道者としての矜持《きょうじ》がずたずたに切り裂かれていく。

（やはり、ここらが潮時か……）

二〇一四年は日本列島南岸を発達しながら東に進んでいく南岸低気圧が頻繁に発生。関東地方では桜が開花しているにもかかわらず三陸沿岸一帯では雪が降っている、という摩訶不思議な現象となって現れている。

……寒冷前線が通過し、一時的に突風が吹いた数日前から局地的に波のうねりが激しくなり、周りには僚船の姿は見えない。

「クマ、海がぜんぜん落ち着かないなあ」

クマは風に吹かれながら、のんきに鼻ちょうちんを膨らませている。そんなクマもこの年の八月で満十二歳。人間の年齢に換算すると六十歳。立派な老犬である。

「いいさ、ずっと長生きしてくれれば」

ふと自分の足元を見ると古傷の辺りがパンパンにむくんでいる。達矢は大きく溜息をつきながら操舵室へ戻り、タバコに火をつけ紫煙を大きく吐き出した。

……数日前、突然体調が悪くなった。

排尿できなくなったのだ。これが苦しいのなんの。風船のように張り詰めた腹部を抑えながら七転八倒。救急車に乗せられて二戸病院に搬送された。

エコー検査をしても膀胱に異常は見つけられないという。尿道から直接管を入れる緊急処置が行われ、膀胱に溜まっていた大量の小便が強制的に体外に排出された。その量二・五リットル。それから一週間、利尿剤を数回に分けて服用しているうちに自力で排出できるようにはなったが、日々のストレスが原因しか考えられない。医師もそう断じている。

――いかん、達矢は首を左右に振った。目の前ではクマが息を弾ませて尻ごと尻尾を振っている。

「クマくん、餌あげるかあ」

その声を合図に、鼻の穴をひくつかせるクマ。

達矢は水槽のスカリからウニを数個さらい、デッキに放り投げた。日本全国探したとしても、活きウニを殻ごと食べられる犬はそうはいまい。クマは黄色い身と内臓をむしゃむしゃと平らげたあと、バリバリと激しい音を立てながら棘《とげ》だらけの殻を胃袋に収めていく。

達矢は沖に船を走らせた。

何かに引っ掛かったのか、誰に引っ掛けられたのか、漁具は幹ロープごと断ち切られ、梵天が糸の切れた凧のような格好で海のまにまに浮かび消えしている。

「まいったなあ」

こみあげてくる感情をこらえつつ黙々と回収する。

……栄養満点の親潮が通過したのだろう。浮き球と浮きロープには茶褐色をした真昆布が絡みついている。岸近くの養殖棚から胞子が流れて自然に成長したもので五メートル近くある。

重さに耐えきれず、ロープが再び切れてしまう恐れがあるから、慎重に除去する必要がある。タコ漁師にとって昆布とはただの異物であり、この除去作業に費やす時間はまさに骨折り損のくたびれもうけ。

……デッキ上には、幅広の真昆布が太陽の光を反射しながらキラキラと輝いている。これだけ立派な昆布だと、そのまま海に投棄してしまうにはさすがに忍びない。達矢は葉の一部を包丁で切り取り、ビニール袋に詰めた。家のおかずに持ち帰るもの、ご近所へスンナとして配るもの。今日の成果はこれだけだ。

「帰るぞ、クマ」

憮然として振り返ると、クマはロープの残骸に向かい、しきりに鼻を鳴らしている。

「なにやってるんだ。そこには食べられるものはないぞ」

と言いながら舳先の定位置に導こうとしても、クマは脚を踏ん張って抗《あらが》っている。

クマの瞳の奥に映っているものは、かご網でも千切れたロープでもなかった。

海のミネラルをたっぷりと凝縮した肉厚の真昆布。それを瞬きもせずまじまじと凝視しているのだった。

「まてよ……」

――思い起こせば、この村では祖父の代から昆布やわかめ養殖がさかんであった。

リアス式の地形は断崖から沖合にかけ一気にどん深になっており、親潮と黒潮の複雑な海流にもまれ、その荒波に耐えて育った原草（海で採ったばかりの状態）は天然ものに限りなく近い。大きな入り江の軟弱な海域で育ったふにゃふにゃの昆布やわかめとは似て非なるもの。日本一の品質だと呼ばれるその証拠に、県南の漁業関係者が土産用として田野畑村にわざわざ買い求めにやってくるではないか。

そんなことを考えているうちに、達矢の内なるところに、ぽっと光が灯った感じがした。

達矢はクマに向かって叫んだ。

「これだ！　これがあるじゃないか！」

海と人間

——達矢が考えた新たな事業とは、わかめや昆布を使った海藻乾物専門の直販。

震災直後に産地直販サイトを立ち上げたとき、スタートの売れ行きこそ好調だったが、風評被害が全国中に流布してからは、放物線的に急降下。たまに来る顧客からの注文に合わせて魚市場に行き、鮮魚を仕入れ、顧客から指定された納期に間に合うようプレハブの郵便局に持ち込んで発送作業を終わらせなければならない。

困るのはドタキャン。梱包作業まで終えながら売れ残ってしまった魚は、家で食べるか、近所の人たちや仮設住宅の知り合いにスンナとして配るしか方法がなく、ロスが多い。

やってみて気づいたことがある。鮮魚の保存法だ。大型冷凍庫や製氷機が必要不可欠なのだ。乾物なら保存法に関して神経質になる必要がない。

保存性が高い昆布に至っては冷凍施設が不必要。湿気と直射日光は御法度だが、風通しが良い自宅隣の作業小屋を使えば一定期間の保存が可能。氷も発泡スチロールもいらず、詰め物は段ボール箱で十分こと足りる。

常温で日持ちする昆布と違ってわかめを扱う際は注意が必要だ。一度ボイルした塩蔵わかめはなかなか凍らないが、万が一凍らせてしまうと細胞破壊を起こしてしまうため、氷点下二〜三度で保存するのがベストとされている。従って、急速冷凍機能付きの業務用冷蔵庫が必要になるが、いずれにせよ目をひんむくほどの価格ではない。つまり海藻類の乾物だけならば初期投資のリスクは驚くほど低い。

もともと乾物料理は日本の重要な食文化。上質な和食の出し汁を抽出する際には欠かせないものだし、三陸地方ではサケトバ（塩漬けにしてから燻製して干したもの）やコマイ（スケソウダラ）の干物、ほかにも天日干しの海藻や天然の乾燥キノコを保存食とする昔ながらの習俗がある。塩蔵わかめも乾物の一種だ。そのほか魚の煮干し、干し椎茸、切り干し大根——全て常温で一年以上の保存が効き、健康面でも多大な効果がある。

乾物の特性は保存性だけに留まらない。植物繊維を簡単に摂取できる非常食としての効果が期待できる。今回のような不測の事態のとき、人の助けにもなりうる食材ということだ。震災直後の被災者たちはおにぎりや菓子パン、インスタント食品などで凌いでいたが、やがて栄養バランスの偏りから生じるストレスから、常温で長期保存がきく乾物食品の買いだめが急増したという。

もともと岩手県は生産量全国一を誇るわかめ産地。昆布の場合、九割は北海道産だが残り一割は三陸産や東北産で占められている。

三陸わかめや真昆布を加工した乾物ならば、多少なりとも漁業外所得に結びつく公算が高い。達矢はそう睨んだのだ。

海藻乾物屋をやってみよう。そう思ったとき、一人の生産者の顔が脳裏に浮かんだ。

四代にわたって昆布やわかめの養殖業を営むハジメは、歳は四つ上だが、幼少の頃からの付き合いがあり、気心は知れている。細身で銀縁眼鏡をかけているため外見は公務員風。温厚な性格と人当たりの良さも手伝って周囲からの人望は厚い。

震災後のハジメは、中古のサッパ船を五十万円で買い直し、日々ののりしろを稼いでいたが、今は養殖専門漁師として見事復帰を果たしている。

達矢の脳裏に、あるアイデアが浮かんだ。

(生産者から直接買いつける。それに付加価値を付けてパッケージ化し、独自の販路を作っていく。……二足のワラジ作戦だ。もう専業漁師にしがみついている時代じゃない)

達矢は立ち上がった。

養殖わかめの種付けは七月中旬から始まり、それから十ヶ月間、海中の付着物を取り除く作業をしたあとに収穫する。

加工場で行う作業行程としては粗方こう。採ってきたわかめを釜の中で沸かした海水でボイルし、電動ミキサーで攪拌しながら塩にまぶしていく。最終的には油圧ジャッキで圧縮しながら脱水し、芯（茎）付き、芯抜き、切り葉、本葉と規格ごとに選別し、魚市場に出荷する。

わかめの収穫が終わったあとは、同じ漁場に吊してある昆布の種付け作業に移る。出荷まではのべ半年間で、育てる過程はわかめとほぼ同じ。異なる点としては、森林の間伐と同じで葉全体が常に太陽に当たるよう、細かく間引き作業をしなければならない。

船上で刈り取る際、風と雨は注意。生命力が強いわかめの種は風にさえ当てなければ一昼夜でも二昼夜でも生き残れるが、昆布は降りそぼつ一滴の雨も御法度。風に当てた途端ぼろぼろに剥がれ、商品としての価値は失われてしまう。

四月。塩蔵わかめの出荷シーズンが終わろうとしている時期、達矢はハジメの作業小屋を訪れた。

論より証拠。「これから去年に種付けをした昆布の間引き作業をします」というハジメの言葉から、そのまま船に乗ることになった。

凪いでいる海。漁港沖の水深二十五メートル。そこにハジメが管理している養殖棚が設置されている。

「間引き作業は絶対にやらないとだめ。やらないなら昆布漁をやらないほうがいいくらい。絶対にモノになんないです」

そう言うハジメは、先が二股になっている「昆布巻き」と呼ばれる竿を手に持ち、層をなして密集している場所にそれを突っ込み、くるくるとパスタを絡めるように回しながら、茎の根元から器用にねじり取っていく。二～三メートルに育った昆布がサッパ船の上に姿を現すと、辺りには磯の香りがプーンと充満する。ハジメは太くツルツルとした株を選びつつ、薄っぺらく細い茎やシワシワの葉を素早く取り除いていく。この地味な作業を長いときで一日八時間、収穫まで一回ないし二回行うという。

「……初心者の人はただ巻いて、ぐちゃぐちゃになって今度は外せもしなくなって、結局、道具を回収するために潜って切ったりする。今は強化ＦＲＰ（樹脂組織とプラスチックの複合材）の竿が流行っているけど、僕の家ではずっと梓《あずさ》の木を使っています。先人の知恵ですが、水に浮かばなくて樫の木よりも固くて強いんです。絶対に折れない。貴重な木だから入手困難で誰も使わないけど、これも時代の移り変わりですかね」

柔和な語り口のハジメの声が乾いた空に透き通る。

「これ貴重でね、一級、二級、三級、特級っていうのがあって、これは特級です。全体の八パーセントしか採れません。若い芽のうちにこの作業をやっておかないと固くなってしまうから時間との勝負です。海草類は田野畑村のように天然に近い波荒《なみあら》な外洋のほうが有利、クオリティが高い。色や味が全然違います」

なるほど。郷に入っては郷に従えとはよく言ったものだ。達矢はひたすら聞き役に徹しながら、どうせやるなら特級品をなんとしてでも手に入れたい。心の中でそう思いながらハジメの言葉に耳を傾ける。

「ただ、僕らのアピールというか発信がへたなんです。僕だって本当は直接消費者の方に食べて欲しい。美味しいか美味しくないか反応がわかりやすいじゃないですか。加工される段階でどんな手が加わるのか正直誰もわからないでしょ。ちょっと前、産地偽造の問題もありましたが、要するに、僕らは何十年と古い市場のヒエラルキーでやっているので、売る側のノウハウも選択肢もないんです。でもこれからは個人として売れる販路があってもいいですし、それがわかめだけでなく、昆布も然り、いろんなやりかたで収入を得ていくという新しい体制が確立できればいいなと思っていたんです。だから、達矢さんから話があったとき、よし、と思ったんですよ」

「僕もまったく同じ気持ちです！」

二人はほぼ同時に声を出して笑った。

一通りの作業を終えたあと、岩壁の近くに建てられているハジメの加工場に向かった。

ハジメは塩抜きされた本葉の一部をザルの中から取り出し、手で小さく千切って寄越してきた。

「どうぞ食べてみてください」

つややかな深緑をした葉色。上品な磯の香り。達矢はじっくりとそれを咀嚼《そしゃく》した。……つるんとした口当たり。弾力性のある葉肉。シャキシャキした歯ごたえ。生産者の思いが伝わってくる豊かな味。

おお……！　驚きの声が思わず出た。

「これは……美味《うめ》え！」

ハジメは屈託のない笑みをたたえながら、加工場の奥へと歩を進めていく。まず驚いたことは、昔ならば重たい石を何個か乗せ、のべ一昼夜を問わずかけていた脱水の工程が、ハジメの作業場ではコンピュータで厳重に管理されていることだった。

「同業者の中には利益ばかり追求し、少しでも目方を足すためにわざと脱水する時間を減らす人がいます。それをしてしまうと三陸わかめとしての品質にばらつきが生じます。ここではコンピュータの油圧で制御しているから、あらかじめ設定した圧がかかり終わると自動的に止まる。水分が抜けると圧が消え、またスイッチを押す。それを何度か繰り返していくと終了のブザーが鳴る。こうすることで商品としてのクオリティが一定に保てるんです。少なくとも私が知っている漁師はこれと同じことをやっています。ボイルする工程も昔はカンで塩を入れて混ぜたものです。もうそのやりかたは古くて一回湯通ししてから百パーセントの塩水――これ以上は塩が溶けない状態にしてから、赤外線を通して滅菌した水の中に漬けています。使う塩もこだわって海水で作った塩。それを使えば均一に塩分が回ります」

達矢は改めてハジメをまじまじと見た。そして言った。

「てえしたもんだ」

本心だった。

正直に告白するが、今までは、たとえ同じ村に住む漁師同士であっても、漁船漁業型の漁師と養殖型の漁師とでは、住む世界も価値観も違うと思っていたのだ。

三陸全体では少しずつ漁獲が戻ってきており、復興は確実に進んでいるという漁師間の話もあるにはある。

だが実際のところはどうかというと。

震災から四年の歳月が経過しても、三陸沖を震源とする余震は未だに収まる気配を見せず、人間が感じないレベルの震度ゼロ～一弱の地震は毎日のように起きている。大型船を持っているサンマ船の船頭に訊いても皆同じような答えを言う。冷水塊があまりにも遠く、出漁できるかどうかもわからない有様だと嘆いている。

サケもそう。去年は五歳魚が母川に回帰してきたことで、ある程度の漁獲に繋げることができた。だが、放流事業が震災で中断したことにより、これから数年は厳しい状況が見込まれている。

唯一の例外はサンマ漁で、今年は稀に見る好漁だと全国的なニュースになっている。実はこれにもからくりがあって、漁場が三陸沖からどんどん北に遠ざかっている。事実、昨年は三昼夜で行けていたサンマの漁場が、今年は五昼夜かけて釧路からさらに東の海域まで行かなくてはならない。そこは衛星画像にも映らないところだ。

……周囲の漁師を見渡せば、希望の見えない暗黒に立ちすくむ者ばかりだ。鼻息を荒くして「魚を見れば親の敵と思え」「漁師は魚を捕ってなんぼだ」と息巻いていた連中が、地団駄を踏みながら途方に暮れている。

しかし中途半端な自尊心を捨て、少しだけ己れの考えを変えただけでどうだ。やりかたは違えど、この苦海《くかい》と真っ直ぐに向き合い、ひたすら前を向く男がいる。

ハジメは噛みしめるように言葉を継ぐ。

「僕たち、千年に一回といわれる大災害をくらったわけじゃないですか。復興って言葉にすると簡単ですけど、震災前と同じ状態に戻した程度の復旧だったら割が合わないんですよ。全てを倍返しに進歩させる復興でないと。それが僕の復興です。そうでもしないと復興したとは絶対に言いたくない。確かに僕たちは命を拾ったけど、何百何千と亡くなった人には気の毒ですけど、生き残った者は頑張って復興する責任があると思うんです。だって、僕らが二十歳くらいのとき、浜全体に活気がありましたよね。今の十倍は人がいたんでないですかね。わかめの刈り取りのときなんかは、それこそ漁港の岸壁が人だらけでしたから」

……そうなのだ。苦難の時代だからこそ、やってみるべきことがある。父伊蔵の言葉どおり、この海が回復するにはそれ相当の時間が必要だとするならば、背中を丸めてぼーと待っているだけではだめだ。いいと思ったことならば、自分の可能性をどん欲に広げていく。それもまた漁師の道ではないか。

……それからは、とんとん拍子に話が進んだ。市場に出荷される前に仕込みたい。買い受け人が買う浜値よりも多少高くてもいいから回してほしい。

かねてから考えていた取引条件をいくつか提示すると、ハジメは即座に了承した。

クリアすべき課題がもう一つ。すでにわかめの刈り取りは終わろうとしている。わかめは十ヶ月に一回、昆布は一年に一回のサイクルで収穫を行うが、昆布はわかめを全部刈り終わってからの作業になるため、スタートは早くて五月の中旬。葉幅が約三十センチに成長してからだという。

「吉村さん、まずは真昆布から始めてみたらどうですか？　甘みが強くて澄んだ出汁が取れますよ」

ハジメの提案に異論はない。とにかく始めてみないことには売れるものか売れないものか皆目見当がつかない。考えた末、まずは試作品として「だし昆布」の原材料を仕入れることにした。

加工場で粗く裁断された真昆布は、段ボール箱に詰められた状態で達矢の自宅へ届けられる。それを小売り単位にするには、正確にグラム数を計り、商品名を書いた紙をビニール袋に詰める作業が必要になる。それを仮設住宅の独居老人にアルバイト代を払って手伝ってもらうのだ。

市場を通さず流通マージンが中抜きされるため、通常よりも安い価格で販売できる。自分も稼げる。独居老人も稼げる。もちろんハジメも稼げる。これぞ一石四丁の算段だ。

さっそく達矢は仮設住宅に向かい、顔見知りの老人たちにこう呼びかけた。

「家の中でめいめい作業してくれてもいいです。敷地内の集会所に集まって一緒にやってもいいです。楽しく世間話しながらのアルバイトなら気も紛れるだろうし、多少は家計の足しになるだろうし。どうですか？」

すると、七十前後のばあさん三人が、ぜひやらせてくれと名乗りを上げた。

想像以上に時間を要してしまったばあさんたちの労作の末、お盆の時期には六百袋が完成。震災後に出会った支援者たちが、達矢のためならばと積極的にＰＲ活動してくれたおかげで、その六百袋は二ヶ月で完売した。


――翌二〇一五年。「だし昆布」の次に達矢が手がけたものは、田野畑村の特産品の一つ「すき昆布」。

水で戻してからサラダで食べてもよし。油でさっと揚げて酒のつまみにしてもよし。油揚げや竹輪と一緒に煮物にしてもよし。歯ごたえがある食感が特徴で、地元の直売所では土産として人気ナンバーワン商品である。

一攫千金を狙う漁師に比べれば、薄利多売でしか成り立たない小さな商売。

だからこそ、達矢はがむしゃらに動いた。被災地復興をテーマにした様々なまつりごとやシンポジウムにパネラーとして参加した。東日本大震災の記憶を風化させないための趣旨でありさえすれば、自ら各地に赴き、語り部としての講演も引き受けた。
被災地ではなにが起きていたか。不漁の原因とはなにか。メディアが伝えようとしない人為起源の風評被害とはなにか。愛犬クマとのエピソードを交えながら、たどたどしくも艱難辛苦《かんなんしんく》の日々を語る漁師の声に数多《あまた》の人が耳を傾け、涙した。

――東日本大震災以降、いくつもの山が削られ仮設住宅が建てられた。国土交通省が定めた防災集団移転促進事業によって復興住宅が完成したあと、田野畑村の仮設住宅はもぬけの殻と化した。達矢の海藻乾物屋を手伝ってくれたばあさんたちも仮設住宅を出て、新しく建てられた災害公営住宅に移り住んだ。
一九七〇年に建設され、高さ九メートルあった旧防潮堤は、国の補助金による震災遺構保存計画――三陸ジオパークの一環として保存が決まった。県営工事として内陸側に新しく整備される高さ十一・五メートルの新防潮堤も完成。
達矢の部屋から望めるようになっていた海は再び目隠しされた格好になった。

……それから数年が経った。

田野畑沖、水深七十メートル付近。

「鷹飛丸さ〜ん、繰り返しま〜す。今日の予報は東の風のち北の風、晴れ、明日の予報は北東の風、曇り、宮古地域では朝から曇り、海上内には今日明日ともに波二・五メートル、うねりを伴う、となっております。はいどうぞ〜」

「ありがとうございま〜す。了解しました〜。釜石漁協さん、どうも失礼しました〜」

「現在注意報は出ていません。波浪注意報は解除されております。はいどうも〜」

久しぶりに沖に出たせいか、クマは水を得た魚のように生き生きと飛び跳ねている。

「クマ見ろよ。こんなでっかい太陽、久しぶりに見るなあ。今年はお盆もずっと雨が降っていたしなあ」

クマは定位置に陣取り、蒼い波の陰影を目で追いかけている。

「俺だって同じ気持ちさ。海の仕事が大好きなんだ」

水面は大きくうねっている。漁をやらないのにどうして海に出たかというと、年に一回受けることが義務づけられている無線の通信試験のため。

なすべき用事はすでに終わったが、やはり気になるのは海底の様子。

魚群探知機を見る限り、中層にイワシの群れはポツポツいるものの、アジやサバなど本来いるべき魚群が少ない。

「相変わらずパッとしないなあ」

レーダーを当てながら周辺の海域を探索してみるが、船外機の反応がぎりぎり拾える程度の小さなサッパ船が数隻、それと北山崎に向かう観光船。操業している他船の影は窺《うかが》えない。

「クマ、そろそろ帰ろうか」

達矢は鷹飛丸の舳先を西に向ける。

ゆっくりとしたスピードで漁の神様がいる弁天島を迂回。相も変わらず定置網の残骸や震災がれきが至るところに埋まったままだ。


漁協に水揚げされる魚の不漁は相変わらず。総水揚げも減り続けている。

この原因は明らかに、東日本大震災で地盤沈下して海底地形が変化したことと地球温暖化にある、と達矢は確信している。

自然のメカニズムは誰にもわからない。だが地震と津波によってこのように長く尾を引く影響がある。いかに政府やメディアが「海は蘇った」「魚が戻って来た」と喧伝してもそれは誤りだ。

これが現実なのだ。

船さえあれば漁師は復活できる。

震災後、三陸の漁師は皆そう思ったはずだ。だから億単位の金でも船を新しく造った。今ではそれが大きな負担となって重石のようにのしかかっている。

だがどんな状況になろうとも、生涯現役漁師の夢だけは諦められない。

「クマ見てみろ」

海側だけ崩れたままの突堤。そこから波濤が立ち上がっている。上空には淡く白い波の花がひらひらと咲き乱れている。

「あんなにきれいに咲いてら」

冬でも時化でもないのに、年間通して現れるようになった波の花。海は神々しいまでに輝きを帯びている。

藤崎童士（ふじさき・どうし）
ノンフィクション作家・桃農家。
劇作活動で2004年度、06年度に文化庁舞台芸術創作奨励賞（現代演劇部門）を受賞。著書に『半魚人伝――水中写真家・中村征夫のこと』（2010年、三五館）、『殺処分ゼロ――先駆者・熊本市動物愛護センターの軌跡』（2011年、三五館）、『のさり――水俣漁師、杉本家の記憶より』（2013年、新日本出版社）、『犬房女子――犬猫殺処分施設で働くということ』（2018年、大月書店）。

波《なみ》の花《はな》――被災漁師《ひさいりょうし》と奇跡《きせき》の犬《いぬ》

2024年 3月10日　初　版

著　者　藤　崎　童　士
発行者　角　田　真　己

郵便番号　151-0051　東京都渋谷区千駄ヶ谷4-25-6
発行所　株式会社　新日本出版社
電話　03（3423）8402（営業）
03（3423）9323（編集）
info@shinnihon-net.co.jp
www.shinnihon-net.co.jp
振替番号　00130-0-13681

印刷　亨有堂印刷所　　製本　小泉製本

落丁・乱丁がありましたらおとりかえいたします。

ISBN978-4-406-06794-2 C0093　Printed in Japan